のらネコ探険隊《たんけんたい》
初《はじ》めての北《きた》の旅《たび》

空《そら》飛《と》ぶのらネコ探《たん》険《けん》隊《たい》

さいごのマンモス

大原興三郎／作　こぐれけんじろう／絵

もくじ

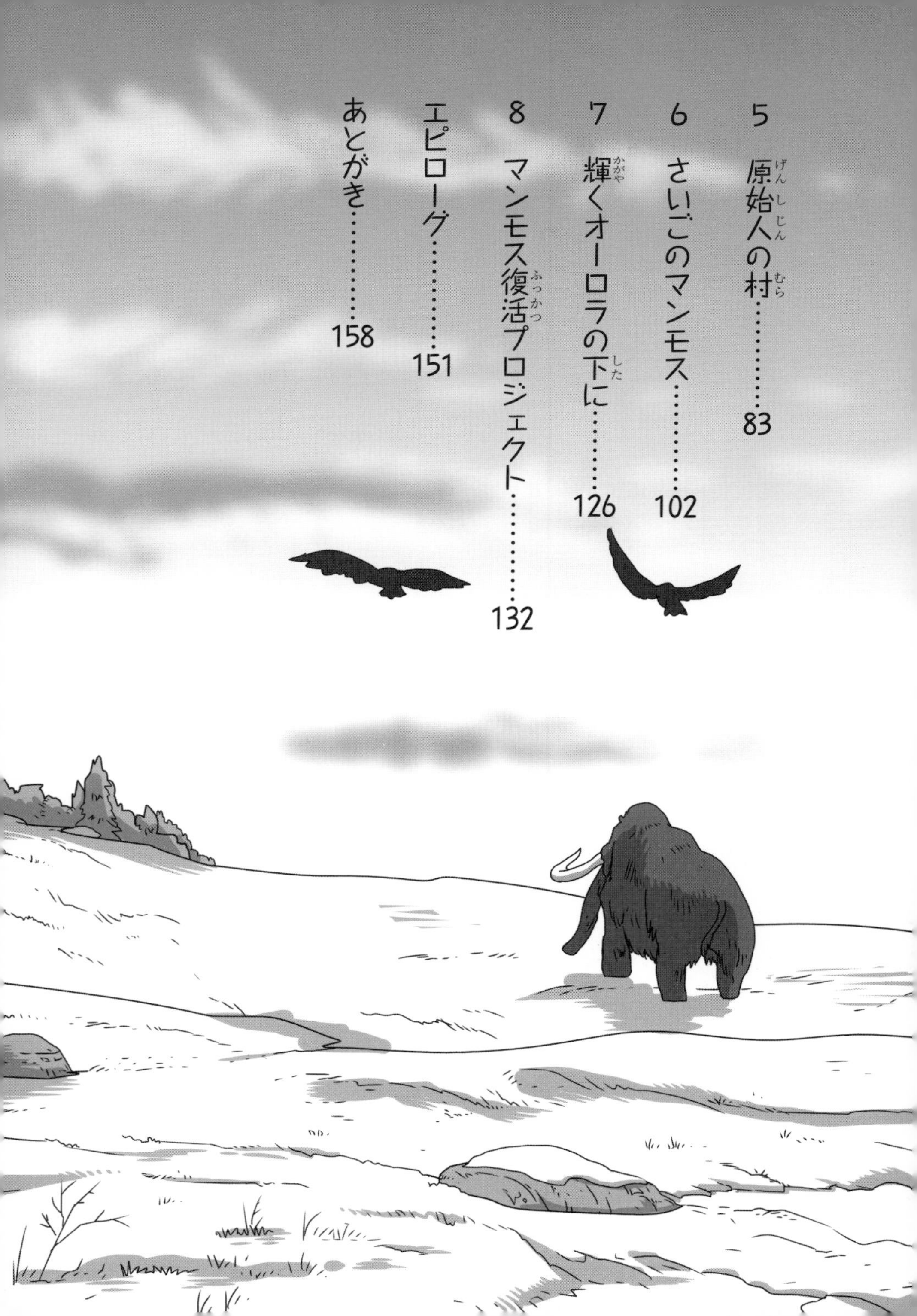

物語《ものがたり》をいろどる 登場者《とうじょうしゃ》たち

原始人《げんしじん》の少年《しょうねん》

父《ちち》の敵《かたき》を討《う》とうと子《こ》マンモスを追《お》いかける。

井上《いのうえ》さん

のら号《ごう》をつくってくれた発明家《はつめいか》。

ワタリ

なぞめいたワタリガラス。子《こ》マンモスを守《まも》っている？

おはるさん

世話好《せわず》きで、のらネコたちのよき理解者《りかいしゃ》。

子《こ》マンモス

ケナガマンモスの子《こ》ども。母親《ははおや》を原始人《げんしじん》の狩《か》りで失《うしな》う。

パトラ

おじょうさまネコだったが、のらじんせいを選《えら》んでゴッゴと結婚《けっこん》。

館長《かんちょう》

マリーナ村《むら》の長老《ちょうろう》。以前《いぜん》は図書館《としょかん》にすんでいた。

クック

のら号《ごう》の機長《きちょう》。たよりになるネコたちのリーダー。

みみいちろ（長男《ちょうなん》）

3兄弟《きょうだい》の長男《ちょうなん》。よく聞《き》こえる耳《みみ》をもつ。貨物船《かもつせん》・富士山丸《ふじさんまる》の守《まも》り神《がみ》。

ゴッゴ

命《いのち》を助《たす》けてくれたクックを尊敬《そんけい》し、そのサポートをしている。

悪《わる》のら3兄弟《きょうだい》

はなじろ（次男《じなん》）

3兄弟《きょうだい》の次男《じなん》。どんなにおいもかぎわける。富士山丸《ふじさんまる》の船医《せんい》さんに飼《か》われている。

めさぶろ（三男《さんなん》）

3兄弟《きょうだい》の三男《さんなん》。よく見《み》える目《め》をもつ。なかよしのぺぺとマリーナ村《むら》でくらす。

ぺぺ

のら号《ごう》の最初《さいしょ》の冒険《ぼうけん》で助《たす》けられた。めさぶろとは、いたずらなかま。

プロローグ

「でたぞっ」

ひげづらの大男《おおおとこ》がさけんだ。

全身《ぜんしん》、どろ水《みず》にまみれていて、手《て》にした太《ふと》いホースから水《みず》がふきだしている。

谷底《たにそこ》から、崖《がけ》が壁《かべ》みたいにつきたって、どこまでも続《つづ》いている。その右《みぎ》も左《ひだり》も果《は》てしない原野《げんや》が広《ひろ》がっていて、深《ふか》い森《もり》もある。どうやら、モミの木《き》やトドマツ、カラマツがまじった深《ふか》いふかい森《もり》だ。

ツルハシとスコップを手《て》に、三人《にん》の男《おとこ》たちが崖《がけ》にとりついた。崖《がけ》は、どうやら凍《こお》りついてるみたいだ。だけど、水《みず》でけずれるくらい、やわらかいようだ。

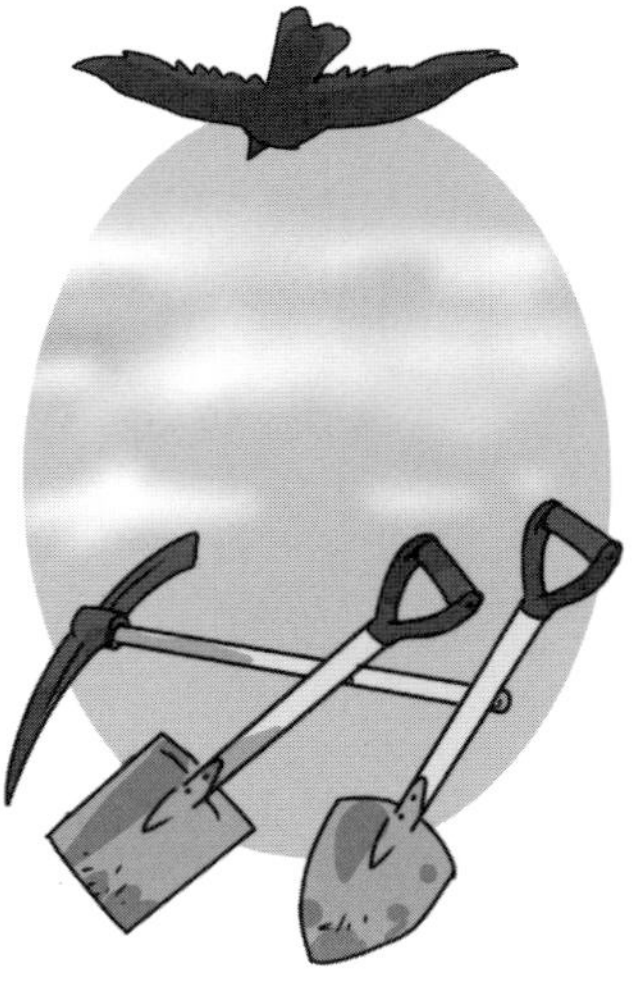

「気《き》をつけろ、すべるぞっ」

ひげづらの大男《おおおとこ》が、後《うし》ろに続《つづ》く少《すこ》し若《わか》いふたりをふりかえって声《こえ》をかけた。

崖《がけ》の中《なか》ほどに、なにかのぞいている。先《さき》っぽのとんがった、なにかの牙《きば》みたいだ。

「おお、こいつはすごいぞ。毛《け》が見《み》える」

ひげづらが、崖《がけ》におでこをくっつけるみたいにして、大声《おおごえ》をだした。

「おう、やっぱり、冷凍《れいとう》マンモスだ。しっかり氷《こおり》づけだぜ。まだ子《こ》どもみたいだけど、上等《じょうとう》だ。学者《がくしゃ》の先生《せんせい》っちな、こういうのをほしがってる。

引《ひ》っぱりだすのは中止《ちゅうし》だ」

男《おとこ》三人《にん》は、帰《かえ》りじたくを始《はじ》めたらしい。うきうきして、まるでおどりだしそうだ。そのうちのひとりが、上空《じょうくう》に目《め》をやった。

「あいつ、今日《きょう》も来《き》てるぞ。

なんだってんだ。まるで見張《みは》りでもしてるみたいだな」

大《おお》きく羽《は》ばたきながら飛《と》ぶそれは、どうやらカラスみたいだ。だけど、大《おお》きい。

そのへんにいるカラスの、二、三倍《ばい》はありそうだ。

「冷凍《れいとう》マンモスの肉《にく》ねらってるのかもしれねえが、まず、だいじょうぶだ。またうめた。ひと晩《ばん》たちゃ、またキンキンの氷《こおり》づけよ。

小屋《こや》に帰《かえ》って、れんらくだ。学者《がくしゃ》の先生《せんせい》っち、喜《よろこ》ぶぞ」

男《おとこ》たちは崖《がけ》をのぼって、原野《げんや》にでた。がんじょうそうな三台《だい》のオートバイに、それぞれまたがった。ひとりは、肩《かた》に銃《じゅう》までしょってた。その先《さき》に、深《ふか》いふかい原生《げんせい》林《りん》が待《ま》っていた。

大《おお》ガラスの姿《すがた》は、いつのまにか消《き》えていた。

ところで、崖《がけ》からのぞいた毛《け》らしいものだけど、なにかにそっくりだった。そう、実《みの》ったトウモロコシの先《さき》っぽの、あれだった。

茶色《ちゃいろ》く枯《か》れてちぢれてる、あの毛《け》にそっくりだった。

1 また動《うご》きだしたのら号《ごう》

おはるさんの野菜畑《やさいばたけ》は、なんだかにぎやかだ。今日《きょう》は朝《あさ》から、サツマイモほりの手《て》つだいらしい。

「あんたたちは、そのへんにいる、なみのネコじゃないんだからね。見《み》せておやりよ、ネコの手《て》だって、こんなに役《やく》に立《た》つんだぞって」

だけど、やっぱり、あんまり役《やく》に立《た》たないネコもいる。ペペとめさぶろだ。それでも、ごほうびのニボシだけは、ちゃっかりもらってる。

「なあ、めさぶろ、イモってさ、どうして形《かたち》や色《いろ》、ちがうんだろ。この前《まえ》ほったジャガイモは丸《まる》くて、色《いろ》もまっ白《しろ》だったのにさ。

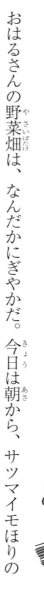

サツマは、とんがってて赤《あか》くてさ」

「わかんない。おれ、食《く》えないものなんかに、きょうみない」

たしかにそうだ。おいも好《ず》きのネコなんか聞《き》いたこともない。

「かくれんぼしてるんじゃないのかなぁ、イモ畑《ばたけ》で。おにはお日《ひ》さまでさ」

「ニボシのかくれんぼなら、おれ、なるぞ。おにに」

なんだか、まったく、かみあわないぺぺとめさぶろの話《はなし》だ。そんな二ひきの背中《せなか》に、赤《あか》い夕日《ゆうひ》がさしはじめた。

井上《いのうえ》さんのワゴン車《しゃ》が、むかえに来《き》てくれた。

その夜《よる》のことだった。

「みんな、おもしろいもの、やってくるぞ。マンモスだって」

井上《いのうえ》さんが新聞片手《しんぶんかたて》に、みんなをよんだ。

「といってもな、もちろん生《い》きちゃいない。マンモス、一万年《まんねん》くらい前《まえ》に絶滅《ぜつめつ》したっていわれてる。だけど、全身骨格《ぜんしんこっかく》っていってな、まるまる一頭分《とうぶん》。でっかいぞ。

それよりすごいのが、まだすっぽりと毛《け》におおわれてる冷凍《れいとう》マンモス。まるで生《い》きてるみたいなのも見《み》つかってるんだ。まだ子《こ》どものらしいけど」

見《み》たい。会《あ》いたい。みんな目《め》を輝《かがや》かせた。

「つれてってくれるんですか、そこへ」

ゴッゴが、身《み》を乗《の》りだした。

ううん、って、井上《いのうえ》さんは首《くび》をかしげた。

「ごめん、むりだな。ネコや犬《いぬ》はきっとだめだな。こういうところは」

言《い》われてみればそのとおり、みんな、しぶしぶうなずいた。

「ところで井上《いのうえ》さん、そのマンモスじゃが、どこで見《み》つかったんじゃろか?」

館長《かんちょう》が聞《き》いた。

「シベリア。国《くに》はロシア。北極《ほっきょく》に近《ちか》い寒《さむ》い国《くに》なんだ。そこはツンドラ地帯《ちたい》ってよばれててな、一年中《ねんじゅう》、森《もり》も野原《のはら》も、地面《じめん》が凍《こお》りついてて、〝永久凍土《えいきゅうとうど》〟っていうんだ。だから氷《こおり》づけになって、大昔《おおむかし》の動物《どうぶつ》がねむっててね、そのうちの代表《だいひょう》がマンモス。

おっと、このシベリアのマンモスはね、〝ケナガマンモス〟ってよばれてる。マンモスの骨《ほね》、世界中《せかいじゅう》のあちこちで発見《はっけん》されてるんだけど、シベリアのだけは、とくべつこういう名《な》まえがついたみたいだ。

シベリア、寒《さむ》いからね。マンモスのご先祖《せんぞ》さまは、アフリカで生《う》まれた。もともとはゾウ。大昔《おおむかし》、長《なが》いながい旅《たび》をして、寒《さむ》いシベリアにたどりついた。だけど、そこで生《い》きのこるために、姿《すがた》が変《か》わった。長《なが》い毛《け》のコートをもらったってわけさ。くれたのは神《かみ》さまかな？　神《かみ》さまみたいな大自然《だいしぜん》の力《ちから》かな……」

「行《い》きたい。ケナガマンモスねむってるシベリアってところ！」

なんと、そうさけぶみたいに言《い》ったのは、パトラちゃんだった。

おれも、おれも、ぼくも！　みんなの声《こえ》が入《い》りまじった。

「行《い》こうよ。マンモス博覧会《はくらんかい》より、よっぽどいい。ネコはだめなんて、だれも言《い》わないよ。もしかしたら会《あ》えるかもしれないしさ、こっそり生《い》きのこってるマンモスに。だっておれっちの旅《たび》、いつだってとくべつなんだから」

館長《かんちょう》とクックは、だまったまま、そう言《い》ったぺぺの顔《かお》を見《み》た。

「でもな、寒《さむ》いぞ、ぺぺ。いいや寒《さむ》すぎるぞ。

わたしらネコは寒《さむ》がり。今《いま》までのようにはいかないな」

そう、クックの言《い》うとおりだ。今《いま》まで六回《かい》の冒険《ぼうけん》の旅《たび》は、ほとんど暖《あたた》かな、いいや、むしろ暑《あつ》い国《くに》のほうが多《おお》かった。

そう言《い》われてみれば、そのとおり。やっぱりむりか、北《きた》の果《は》てシベリアは。

「なんとかしてよ。井上《いのうえ》さんなら、できるでしょ。寒《さむ》さに負《ま》けない工夫《くふう》」

「そうだよ。のら号《ごう》、改造《かいぞう》だって、朝《あさ》めしまえでしょ」

ぺぺとめさぶろだ。

だけど、ううん、と言《い》って、井上《いのうえ》さんはうで組《ぐ》みしただけだった。

ところが、次《つぎ》の朝《あさ》だった。

「あっ、のら号《ごう》、脱走《だっそう》しようとしてる！」

みんな夕《ゆう》べは、発明《はつめい》ガレージにとまった。まっ先《さき》に目《め》をさまして外《そと》へでた、めさぶろの声《こえ》で、みんなとびおきた。
のら号《ごう》が、ゆっくりとガレージからでていく。
みんなを見《み》おろしながら、ひさしをくぐりぬけていく。
とうとう屋《や》根《ね》高《たか》くにゆれた。つなぎとめてあるロープ、いっぱいの高《たか》さだろう。

みんな、あっけにとられて、見《み》あげた。

「またです、館長《かんちょう》」

「そうかもしれんな、クック」

今《いま》までした六回《かい》の冒険《ぼうけん》の旅《たび》、始《はじ》まりからの五回《かい》は、みんなが行《い》きたがって行《い》き先《さき》を決めて、のら号《ごう》を操縦《そうじゅう》してきた。だけど六回目《かいめ》の、キジムナーのときはちがった。

そのときと《き》おんなじだ。まるで、みんなをさそうみたいに高《たか》くゆれている。

「また飛《と》びたてと言《い》っちょるのか。こんどは、わしらをどこへつれてゆくつもりなんじゃ。いったいだれに会《あ》えというんじゃ……」

お昼《ひる》まえ、おはるさんがやってきた。いつもの、じまんの野菜《やさい》は、今日《きょう》もみんな売《う》りきれたみたいだ。バイクが引《ひ》くリヤカーは空《から》っぽだった。

井上《いのうえ》さんが、のら号《ごう》の脱出《だっしゅつ》を、かいつまんで話《はな》した。

「そうかね、あのときとおんなじだねえ。のら号《ごう》にまたなにか、使命《しめい》っていうのができたのかもしれないね。また、だれかが、よんでるのかもしれないねえ」

クックの口《くち》もとが、きりりと引《ひ》きしまった。

「そうだとして、その行《い》く先《さき》ですが、井上《いのうえ》さん、マンモス博《はく》のニュース、たんなるぐうぜんでしょうか。わたしには、そうは思《おも》えないんです。だとしたら、行《い》く先《さき》は
・・・・
シベリアかもしれません。だとしたらネコにとっては、きびしすぎる雪《ゆき》と氷《こおり》の大地《だいち》です。そうですよね、館長《かんちょう》」

「そうじゃな。井上《いのうえ》さんの出番《でばん》じゃ。わしらにとって世界《せかい》一の発明家《はつめいか》、のら号《ごう》生《う》みの親《おや》の」

「よし、まかせとけ。そこまでおだてられたんじゃぁ、なんだって用意《ようい》するぜ。スマホも持《も》ってけ。れんらくがとれるのは、安心《あんしん》できる。ほかには？」

井上《いのうえ》さんが、みんなを見《み》わたした。

「古毛布《ふるもうふ》の切《き》れはしなんかあったら、ありがたいです」

「それは、わたしにまかせな、クック。いくらでもあるよ。それから、耳《みみ》までかぶれる防寒帽《ぼうかんぼう》、そっくり足《あし》の入《はい》るくつ下《した》。そうだ、ねぶくろもつくってあげよう。安《あん》

心《しん》おし」

「ソーラーから、暖房《だんぼう》、もらってやる。キャビン、暖《あたた》かくしてやるぜ。それとな、おまえたち、けっこうあぶないめにあってきてるんだよな。前《まえ》まえから考《かんが》えてたすごいのがあるんだ。おはるさんにたのまれてたのの改良《かいりょう》だ。おはるさん、たのまれてたあれ、少《すこ》しおそくなるけど、いいですね?」

「いいともさ。この子《こ》たちのが先《さき》さ」

ふたりは、なんだか楽《たの》しそうに笑《わら》いあった。

「電気《でんき》は、ソーラーパネルからもらう。翼《つばさ》にうんとはりつけた。うすいシール型《がた》ので軽《かる》い。そいつの応用《おうよう》だ。くやしいけど、これ、おれの発明《はつめい》じゃない。大《おお》きな会社《かいしゃ》の製品《せいひん》。太陽《たいよう》からもらう電気《でんき》は、この蓄電器《ちくでんき》にためられるんだ。いいかい、ボタン、おしまちがえたりするなよ、とくにぺぺとめさぶろ」

ふくれた二ひきに見《み》せたのには、黄色《きいろ》、白《しろ》、赤《あか》のスイッチボタンが三つ横《よこ》にならんでた。

「黄色《きいろ》は電球《でんきゅう》がともる。夜《よる》、便利《べんり》だろ。白《しろ》いのは、暖房《だんぼう》。くるまる古毛布《ふるもうふ》が暖《あたた》かくなる。さて、赤《あか》だ。これはすごいぞ」

短《みじか》いリールつきのつり竿《ざお》に、つり糸《いと》とはちがう、細《ほそ》い電線《でんせん》がまかれていた。その先《さき》っぽに、卵《たまご》をかくはん、つまりかきまぜるときのあわだて器《き》が結《むす》ばれていた。中《なか》に、なにやらくっつけられている。

「これに電気《でんき》が通《とお》る。そうすると音《おと》と光《ひかり》が、同時《どうじ》にでる。ぺぺ、おしてみな」

ぺぺが、うれしそうにおした。

バン！

すごい音《おと》といっしょに、電球《でんきゅう》がぴかりと光《ひか》った。

みんなわかった。つり竿《ざお》から、このリール線《せん》をのばしてたらす。なにかにおそわれたとき、音《おと》と光《ひかり》で追《お》いはらう。

だけど、そんな威力《いりょく》があるんだろうか。小《ちい》さな動物《どうぶつ》ならともかく、シベリアともなれば、どんな敵《てき》がいるともかぎらない。

「ふふふ。みんな、うたがわしそうな目《め》つきしてるな。すごいのは、これからだぞ。
音《おと》と光《ひかり》といっしょにな、電気《でんき》が流《なが》れる。三千ボルト。わかるか？　すごいぞぉ。
びびびってしびれて、
たいがいのやつなら、
いちどでこりる。
山《やま》の畑《はたけ》なんかでは、
イノシシやシカから
畑《はたけ》の作物《さくもつ》、守《まも》って
くれてるんだ。
どうだい、だれか
試《ため》してみるかい。
はなじろなんか、
どうだい？」

はなじろは、みんなの中《なか》では、けっこうワルで、らんぼうで、そのかわりというのもへんだけど、勇気《ゆうき》は、ひといちばいある。

そのはなじろが、なんと、しりごみしたんだ。

「まっ、やめとくほうが、けんめいだよ。

ソーラーの弱《よわ》い電気《でんき》を、ここまでにしたのは、おれの改良《かいりょう》。少《すこ》し、いばるぞ、エヘン！

でもな、こんなのになん秒《びょう》もさわられたら、命《いのち》もあぶない。だから、もうひとつ工夫《くふう》してある。電気《でんき》は、三秒《びょう》おきに、流《なが》れるのはいっしゅんだけ。それでも、いちどさわったら、それだけでこりるだろう。

もちろん、こんなの使《つか》わないですむにこしたことないが、なにしろ、行《い》く先《さき》は、もしかしたらだが、シベリアだ。だとすると、ヒグマもオオカミも、トラもいるかもしれないぞ。

でっかいフクロウも、ワシもな。あるにこしたことないだろう」

なるほど、そんな力《ちから》がかくされてるのか。これが、つり竿《ざお》の先《さき》にゆらゆられて、頭《あたま》にこつん、ビリビリか。ほんとうなら、すごい！

「これの名《な》まえ、考《かんが》えな」

「雷《かみなり》さまのたまご！」

「それいい、ぺぺ」

ニャンニャァイ！　みんなの大歓声《だいかんせい》がわいた。

さあ、無敵《むてき》ののら号《ごう》の完成《かんせい》だ。なんだってこい。さあ行《い》くぞ。

のら号《ごう》は、夜《よる》のマリーナから、いつものように旅立《たびだ》った。


「やっぱり、北《きた》、ですね、館長《かんちょう》」

「そのようじゃな、クック機長《きちょう》、のら号《ごう》がめざすのは。わしらの操縦《そうじゅう》など、いらぬくらいじゃ」

『気《き》をつけてなあ。ぶじ、帰《かえ》ってくるんだぞぉ』

『むりしちゃだめだよお。あぶないことしちゃ、だめだよおぉ』

井上《いのうえ》さんとおはるさんの、見送《みおく》ってくれたときの声《こえ》が、まだ、みみいちろ、はなじろの耳《みみ》にも残《のこ》ってる。

ん!? どうして、みみいちろ、はなじろまでいるのかって?

みみいちろは富士山丸《ふじさんまる》の守《まも》り神《がみ》のはず。船《ふね》にもどっていないのかって?

はなじろは、同《おな》じ富士山丸《ふじさんまる》の船医《せんい》、ドクターのところで、おまごさんの飼《か》いネコになってるはずじゃないのかって?

そうだけど、今《いま》、長《なが》い航海中《こうかいちゅう》の、のろ船長《せんちょう》は言《い》ってくれたんだ。しばらくみんなといていいいって。

はなじろのほうの、幼稚園《ようちえん》ぼうずも、話《はなし》のわかるやつだ。みんなといていい、じぶんのほうから会《あ》いに行《い》く。そのほうが、冒険《ぼうけん》ネコくんみんなにも会《あ》えるからって。

感心《かんしん》なぼうずだな。来《き》たら大歓迎《だいかんげい》してやろう。ニボシを三びきもくれてやろうって、ぺぺとめさぶろは、大喜《おおよろこ》びしてる。

そんなわけで、こんども探険隊《たんけんたい》は、全員《ぜんいん》そろってるってわけなんだ。のら号《ごう》は昼《ひる》も夜《よる》も、北《きた》へ向《む》かっていた。

今《いま》はどのあたりなのか、スマホのナビでわかる。

「津軽海峡《つがるかいきょう》にでました、館長《かんちょう》。

みんな、本州《ほんしゅう》とはお別《わか》れだ。海峡《かいきょう》をわたれば北《きた》の大地《だいち》、北海道《ほっかいどう》だ」

クックの声《こえ》が星空《ほしぞら》にひびいた。

さあ、北《きた》の大地《だいち》の始《はじ》まりだ。そして――。

日本《にほん》の最北端《さいほくたん》、北《きた》のはしっこ、宗谷岬《そうやみさき》が見《み》えてきた。ここで陸《りく》はつき、宗谷海峡《そうやかいきょう》をはさんで、次《つぎ》はサハリン。もう国《くに》はロシアだ。

岬《みさき》の西側《にしがわ》に、せまい海峡《かいきょう》をはさんで天《てん》をつきさすみたいな山《やま》がそびえたっている。利尻富士《りしりふじ》、とよばれている利尻山《りしりざん》。

利尻《りしり》は島《しま》ひとつが山《やま》。海《うみ》にうかんで、二千メートル近《ちか》い頂上《ちょうじょう》まで、いっきにかけあがる、岩《いわ》だらけのきびしい山《やま》だ。もしかすると今年《ことし》の初雪《はつゆき》だろうか、頂上《ちょうじょう》に雪《ゆき》の帽子《ぼうし》をうっすらとかぶっている。

天気《てんき》が急《きゅう》に変《か》わりだしたのは、その利尻山《りしりざん》をすぎて、すぐだった。

いつのまにか、雲《くも》が厚《あつ》くなっていた。風《かぜ》も北《きた》へ向《む》かって、はやくなっている。雪《ゆき》も舞《ま》いだした。

雪《ゆき》がはげしくなっていく。今《いま》しがたまであった空《そら》と海《うみ》の境目《さかいめ》が、もうまったくわからない。

まずい。キャビンに雪《ゆき》がこびりつく。このままでは、のら号《ごう》が重《おも》くなる。利尻富《りしりふ》士《じ》のてっぺんくらいの高《たか》さを飛《と》んでいたのら号《ごう》が、下《した》へ下《した》へと落《お》ちはじめているのがわかる。

「ロープを引《ひ》け。翼《つばさ》をふって、雪《ゆき》などつもらせるな。にぎにぎ手《て》ぶくろをはめよ。キャビンの雪《ゆき》をふりはらえ」

クックがそう命《めい》じながら、みずから、手《て》ぶくろをはめた。だけど、そんなのは、気休《きやす》めほどにしかならなかった。たたきおとす雪《ゆき》よりも、積《つ》もる雪《ゆき》のほうがすばやいのだから。
もう目《め》もあけて
いられない。なにを
どうしても、みんな
ムダになる。
さすがのクックも、
あきらめたみたいだ。
「翼《つばさ》をたため。
たたんだら、
キャビンへもぐれ。
もうなんにもするな。
のら号《ごう》を信《しん》じる！」
海《うみ》へ落《お》ちたら、

いっかんの終《お》わりだ。荒《あ》れくるう、凍《こお》りかけた北《きた》の海《うみ》で助《たす》かりっこない。せめて、陸《りく》へ。海《うみ》でなければ、どこだっていい。たのむ、のら号《ごう》!

ごうごうと風《かぜ》がうなった。ぎしぎしと、のら号《ごう》がきしんだ。それでもまだ空《そら》にいられるのは、風船《ふうせん》たちのがんばりのおかげだったにちがいなかった。

がくん、と、のら号《ごう》がま横《よこ》になった。それがぐわんともとにもどって、止《と》まった。助《たす》かった。のら号《ごう》のどこかが、動《うご》かないなにかに引《ひ》っかかってくれたんだ。それならここは海《うみ》の上《うえ》じゃない。

吹雪《ふぶき》はひと晩《ばん》きりでやんだ。青空《あおぞら》の、どこまでも広《ひろ》がる朝《あさ》が来《き》ていた。

森《もり》は、白《しろ》、一色《しょく》だ。形《かたち》のいい枝《えだ》を横《よこ》につんとはりだしたモミの木《き》。新雪《しんせつ》をかぶって、まさしくクリスマスツリーだ。あっちのは綿《わた》だけど、こっちのは、ほんものの雪《ゆき》なんだ。

そのモミの木《き》に、トドマツ、カラマツ。みんな針葉樹《しんようじゅ》という、北《きた》の森《もり》の木《き》ぎなんだ。そんな森《もり》の始《はじ》まるあたりのモミの大木《たいぼく》の先《さき》っぽだった、のら号《ごう》のロープが引《ひ》っかかってくれていたのは。

森《もり》のはずれからは原野《げんや》が広《ひろ》がっている。

動《うご》くものひとつない、白銀《はくぎん》の原野《げんや》だ。

「腹《はら》へったよな」

「うん、きゅうに」

はなじろとめさぶろが、みんなが言《い》いたいことをまっ先《さき》に言《い》ってくれてた。

クックがスマホをとりだした。スマホってすごい。GPS《ジーピーエス》で、ここがどこなのかもわかる。自動車《じどうしゃ》のナビも、この機能《きのう》のおかげなんだ。

「館長《かんちょう》、シベリアです。ここは」

館長《かんちょう》が、うなずいた。

「みな、聞《き》くか。朝《あさ》めし、食《く》いながらでよい。

このロシアというのは日本《にほん》のとなりの国《くに》じゃがな、どでかい。

シベリアはそのロシアの北《きた》の北《きた》、タイガとよばれちょる森《もり》と、ツンドラとよばれちょる原野《げんや》。

井上《いのうえ》さんも言《い》っちょった〝永久凍土帯《えいきゅうとうどたい》〟。それでも夏《なつ》、表面《ひょうめん》の氷《こおり》はとけて草《くさ》もしげりはするが、地面《じめん》を少《すこ》しほれば、もう氷《こおり》。永久《えいきゅう》に凍《こお》っちょる。マンモスは、こんなところに、ねむっちょるようじゃ。

広《ひろ》いぞ、ここは。日本《にほん》がいったい、いくつ入《はい》ることか」

「すごいですね、館長《かんちょう》。それにしても、館長《かんちょう》、よくそんなことまで。いったい、どうして？」

「本《ほん》のぬすみ読《よ》みじゃよ。図書館《としょかん》のめいよ館長《かんちょう》やっちょったころの。ひとが読《よ》んじょる本《ほん》を、棚《たな》の上《うえ》から読《よ》み放題《ほうだい》じゃった。三食《しょく》ひるねつき、ぬすみ読《よ》みつき、いい身分《みぶん》じゃったよ」

みんな、声《こえ》をたてて笑《わら》った。

クックの声《こえ》が、ひきしまった。

「のら号《ごう》の目的地《もくてきち》は、おそらくここ、シベリア。まさに、マンモスたちの王国《おうこく》だったところ。だが、のら号《ごう》に使命《しめい》があるとして、それがなんなのか、まったくわからない。なにがおこるかも、まったくわからない。わたしらをねらうものたちも、きっといる。そうなっても、わが身《み》を守《まも》るのはじぶんしかない」

みんな、深《ふか》く、うなずきあっていた。

夜《よる》、井上《いのうえ》さんの着《ちゃく》メロが鳴《な》った。

シベリアの　タイガにつく
きょういちにち　なにごともおこらず
カミナリさまのタマゴ、でばんなし

きのうの雪《ゆき》は、もう消《き》えていた。館長《かんちょう》が言《い》ってた、ツンドラとよばれる原野《げんや》が、ただただ、地平線《ちへいせん》までつながっている。
のら号《ごう》はおとなしい。だれかを、なにかを待《ま》ってるんだろうか。のら号《ごう》をよびよせたものが、ここにいるんだろうか。だれにも、まったく、わからないまま、二日《ふつか》がすぎた。

2　マンモス・ハンター

マリーナ村《むら》を飛《と》びたって、もう、いく日《にち》だろう。吹雪《ふぶき》はこわかったけど、ここでは、なんにもおこらない。となると、やっぱりたいくつだ。ぺぺやめさぶろでなくたってたいくつだ。クックはとうとう決断《けつだん》した。

ここがどんなところか、ひとつでも知《し》っておくほうがいい。

館長《かんちょう》の話《はなし》によれば、オオカミもトラもヒグマもいそうな、タイガの森《もり》だ。一羽《わ》、鳥《とり》が飛《と》んでる。全身《ぜんしん》、まっ黒《くろ》なやつだ。カラスのようだ。だけど、カラスにしては、だいぶ大《おお》きい。マリーナにやってくるカラスより、はるかに大《おお》きい。

「なんだよ、ついてくるみたいだぞ」

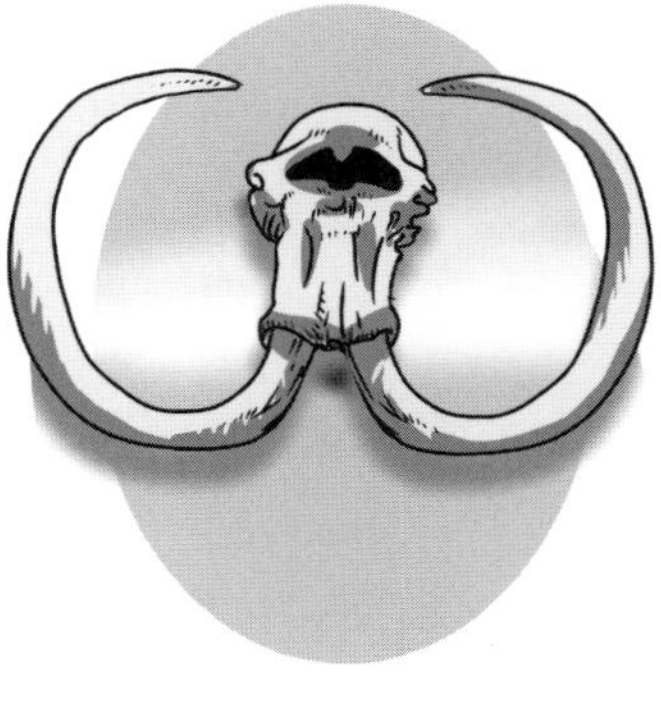

はなじろが、にくにくしげに言《い》った。

みんなカラスはきらいだけど、はなじろは、とくにだ。まだ子《こ》ネコのころ、カラスにおそわれた。がっしりとつかまれて、ういた。みみいちろがとびついて助《たす》けてくれなかったら、きっと今《いま》ごろは。

そのカラスが、ずっと上《うえ》を、まるでのら号《ごう》を見張《みは》るみたいに飛《と》び、はなれない。

のら号《ごう》は、みんなのあやつるままに、すなおに飛《と》んだ。

低《ひく》い丘《おか》があらわれた。水《みず》は流《なが》れていないけど、谷《たに》がある。

「ん!?　なにか音《おと》がします、クック機長《きちょう》」

いつもの、まっ先《さき》に聞《き》きつける、みみいちろの耳《みみ》だ。

音《おと》は、モーターのうなり声《ごえ》だった。人影《ひとかげ》がある。三人《にん》いる。

クックの命令《めいれい》で、のら号《ごう》は森《もり》にかくれてつながれた。

のら号《ごう》をかけおりて、原野《げんや》を走《はし》って、大岩《おおいわ》のかげにみんな身《み》をひそめた。太《ふと》いホースから、いきおいよく水《みず》がふきだしている。谷《たに》からの水《みず》だ。

いったい、なにをしてるんだ。崖《がけ》は、どうやら凍《こお》っているらしい。水《みず》が、そこをけずっていく。

「止《と》めろっ、でたぞっ」

三人組《にんぐみ》のいちばん大男《おおおとこ》の、ひげづらがさけんだ。ゴムガッパを着《き》てるけど、どこもかしこも、どろまみれだ。

モーターのエンジンが止《と》められた。大男《おおおとこ》が崖《がけ》によじのぼってのぞいた。

「よしっ、二本《ほん》そろってる。大《おお》ものだ」

モーターがまた、うなりだした。崖《がけ》がけずられる分《ぶん》、それは、はっきりしだした。長《なが》い。とちゅうから、ぐんとそりかえっているのは、どうやら、なにかの牙《きば》みたいだ。太《ふと》くて、がんじょうそうで、くすんだ白色《しろいろ》だ。

ん!? どこかで見《み》た覚《おぼ》えがあるぞ。おんなじじゃないけど、そっくりなものを。

なんだっけ、どこでだっけ?

となりどうしの目《め》が、そう聞《き》きあった。

「あっ、ゾウのだ。アフリカゾウの牙《きば》。母《かあ》さんゾウ、ジャーマの」

「ちがうぞ、めさぶろ。ジャーマのは、あんなにひんまがってなかった。それに、もっとまっ白《しろ》だったぞ」

マンモスの牙《きば》だ。きっと、はなじろの言《い》うとおりだ。みんな、顔《かお》を見《み》あわせた。

「帰《かえ》るぞ。ほりだすのは、あしたでいい。帰《かえ》って、飲《の》むぞ。祝《いわ》い酒《ざけ》だ」

大男《おおおとこ》が、ヒゲの口《くち》で、大《おお》きく笑《わら》った。

谷《たに》の上《うえ》に、オートバイがあった。三台《だい》もだ。オフロード、つまり道《みち》なんかなくても、岩《いわ》だらけでも、つっぱしれる、がんじょうなタイヤのオートバイだ。ひとりは、肩《かた》に銃《じゅう》までしょってた。

「追《お》いかけるぞ」

クックが、岩《いわ》かげからでて、かけだしながらみんなをふりかえって言《い》った。

防寒用《ぼうかんよう》のくつ下《した》が、走《はし》るのにちょっとじゃまだけど、なんの、身軽《みがる》さじまんのおれたちだ。かけろ、見失《みうしな》うな。

なにがどうなってるのか、この男《おとこ》たちのしていることをたしかめたい。それはみんなおんなじはずだった。

森《もり》の中《なか》に、丸太小屋《まるたごや》があった。

男《おとこ》たちは、そこへ入《はい》ってもう外《そと》へでてはこなかった。そのかわり、中《なか》から、たまらないにおいがただよいでてきた。丸太《まるた》のわずかなすき間《ま》から、うすい煙《けむり》にのって。

「たまんねえ。魚《さかな》、やいてる」

はなじろの鼻《はな》が、ふんふん鳴《な》った。

小屋《こや》の木組《きぐ》みにすき間《ま》がある。みんなそこに、おでこをくっつけて中《なか》をのぞいた。魚《さかな》はどうやらサケらしい。サケのくんせいらしい。それをらんぼうに引《ひ》きちぎって、ビンからは、どうやら酒《さけ》らしいのをラッパ飲《の》みしてる。

小屋《こや》の中《なか》に、あの同《おな》じ牙《きば》が、立《た》てかけられている。十本《ぽん》くらいはありそうだ。

「がまんできない。ちょっといいでしょ、クック」

はなじろが、とじられている板戸《いたど》を、がりがり引《ひ》っかいたんだ。

まっ、いいか。相手《あいて》は人間《にんげん》、オオカミみたいに、とって食《く》われる心配《しんぱい》だけはない。それに三人《にん》もいれば、ひとりぐらいはネコ好《ず》きだっているかもしれない。

なんの音《おと》だ？　ひとりが、立《た》てかけてあるライフル銃《じゅう》を手《て》に持《も》った。そう、ここは、ヒグマのいる、シベリアのタイガなんだ。銃《じゅう》くらいなくちゃ、身《み》を守《まも》れない。

もうひとりが酒《さけ》のビンを置《お》いて、おそるおそる戸《と》をあけた。

「なんだぁ、ネコだぞ」

「おかしなやつだ。防寒《ぼうかん》チョッキまで着《き》てやがる」

「帽子《ぼうし》かぶってやがる。くつ下《した》まで、はいてやがるぞ。
どこかで飼《か》われてるやつだろう。だけど、
町《まち》からはるかに遠《とお》いぞ、ここ」
三人《にん》は口《くち》ぐちに言《い》って、
はなじろを見《み》おろした。
「にゃ」
と、はなじろは、ひと声鳴《こえな》いた。
はなじろらしくもない、
あまえた声《こえ》だ。
「ま、わけわかんねぇけど、
腹《はら》へってるんだろ、入《はい》んな」
はなじろは、かくれてる
みんなをよんだ。

「うへっ、なんだよぉ、こんなにかよぉ」

三人《にん》ともがのけぞった。

「六、七、八、八ぴきもいやがるっ」

よかった。みんなネコ好《ず》きらしい。背中《せなか》や頭《あたま》を、かまわずなでられた。ごつい手《て》でだ。

おいしい。なんだぁ、この味《あじ》は。みんな、たっぷりとごちそうになった。

男《おとこ》たちは、ビンの酒《さけ》をラッパ飲《の》みしてる。顔《かお》は、いろりで燃《も》えてる炎《ほのお》に負《ま》けないくらいまっ赤《か》っかだ。ロシアの酒《さけ》なら、きっとウォッカっていう、強《つよ》い酒《さけ》だ。

「だけどなあ、学者《がくしゃ》の先生《せんせい》っちのほしがってるの、あれっきりでねえなあ」

「全身《ぜんしん》そろってる冷凍《れいとう》マンモスなんか、もうむりじゃねえのかなあ」

「そんなこと、百もしょうちよ。そういうやくそくがあるかぎり、牙《きば》さがしやらせてもらえるんだ、おれたちゃよ。でなくたって、かまわねえ」

「また見《み》つかりゃあ、高《たか》く売《う》れるかな、あんときみたいに」

「もちろんだ。ケチなこと言《い》ったら、売《う》らねぇって言《い》ってやるさ。ま、またでればの話《はなし》だけどな」

「だけどよ、あんときゃ、大《おお》さわぎだったなぁ。学者《がくしゃ》の先生《せんせい》っち、ヘリコプターで空飛《そらと》んできた。でっかい冷凍《れいとう》コンテナまでつりさげてよ」

「それもだけど、ワタリガラスどもまで集《あつ》まってさ。なんだったんだよ、あの、ガァガァの大《おお》さわぎはよ」

「げんじゅうだったなぁ。先生《せんせい》っち、毛《け》一本《ぽん》、食《く》わせてなるもんかって」

「だったよなあ」

「もう、そろそろ、オーロラでるな。秋《あき》も、あっというまだ。ゆんべ、でた。ちょっとだけだけどな」

ひとりが、ふわあって、大《おお》あくびした。つられてほかのふたりもだ。あくびって、となりにうつるのかもしれない。

「どうだ、とまってくか」

酒《さけ》でまっ赤《か》になってる大男《おおおとこ》が、また、ぐびってひと口《くち》ウォッカをあおった。ここなら夜《よる》が来《き》ても暖《あたた》かそうだ。だけど、そうもできない。のら号《ごう》がきっと心配《しんぱい》する。

クックが、首《くび》を横《よこ》にふって、戸口《とぐち》に立《た》った。戸《と》を引《ひ》っかいてふりかえって、にゃ・・・・けてくれ、と鳴《な》いた。

「そうか、どっかで飼《か》い主《ぬし》、待《ま》ってるのか。

それじゃあ、とまるわけにいかねえな。気《き》をつけて帰《かえ》んな。この森《もり》にはな、オオカミだっているんだぞ」

「みやげにサケ持《も》ってけ。

しゃれたチョッキだな。ポケットまでついててよ」

「つめてきな、好《す》きなだけ」

なんて気《き》のいいおじさんたちだろう。ロシア人《じん》を、みんな、好《す》きになりそうだ。

戸口《とぐち》にみんなならんで、にゃにゃ・・・・・・にゃがとうって、お礼《れい》を言《い》った。

「おっと、ワタリガラスに気《き》をつけな。おれたちを、なぜかつけねらってるんだ。一羽《わ》だけだがな。ま、ねらいはサケだろうが、うっかりすると、ねらわれるぜ。ワルがしこいやつだからな」

赤《あか》い顔《かお》の三人《にん》が、手《て》までふってくれた。

のら号《ごう》へもどる道《みち》は、みんな、館長《かんちょう》をとりかこみながらだった。

「あのロシア人《じん》たちは、〝マンモス・ハンター〟なんてよばれちょるそうな。まっ、生《い》きちょるマンモスが相手《あいて》ではないから〝マンモス・牙《きば》ハンター〟じゃろうがな」

「価値《かち》があるんですか、象牙《ぞうげ》みたいに？」

「もちろん、あるはずじゃ。同《おな》じゾウ仲間《なかま》の牙《きば》。使《つか》い道《みち》は象牙《ぞうげ》ににちょるとか。ハンコ、飾《かざ》りもの、楽器《がっき》の一部《ぶ》などなどな。

むろん、ゾウの牙《きば》にくらべれば、はるかに安《やす》かろうが、それでもな。牙《きば》といっしょに全身《ぜんしん》の骨格《こっかく》までそろってでれば、世界中《せかいじゅう》の博物館《はくぶつかん》がほしがるようじゃよ。マンモス博《はく》にも全身骨格《ぜんしんこっかく》が来《き》ちょると、井上《いのうえ》さん言《い》っちょったな」

「それより、館長《かんちょう》さん。マンモスが絶滅《ぜつめつ》したわけって、なに？　こんなに大《おお》きくて、地上最大《ちじょうさいだい》になったのに」

「わけは、いくつか言《い》われちょる。寒《さむ》さに強《つよ》いとはいえ、地球《ちきゅう》が冷《ひ》えすぎたときがあってな。この北《きた》のベーリング海峡《かいきょう》まで凍《こお》りついてな。アジアとアラスカがなんと凍《こお》った海《うみ》でつながるほどの。

二つの大陸《たいりく》に氷《こおり》のかけ橋《はし》ができたんじゃ。約《やく》一万年前《まんねんまえ》にな。それを人《ひと》は〝大氷河《だいひょうが》期《き》〟と名《な》づけた。それはちょうど、マンモス絶滅《ぜつめつ》の時期《じき》にも重《かさ》なるんじゃと。大地《だいち》が氷《こおり》にとざされれば、草《くさ》も木《き》も消《き》える。食《く》うものがなければ、だれだとて生《い》きられぬ。

もうひとつはな、狩《か》りつくされたという説《せつ》」

「だれにです、館長《かんちょう》」

「おどろくなよ、パトラ。それは人間《にんげん》にじゃ。オオカミでもトラでもない。ヒグマやホッキョクグマでもない。

マンモスと同《おな》じ時代《じだい》に生《い》きちょった人間《にんげん》の祖先《そせん》はな、みな狩人《かりゅうど》じゃった。えものをもとめての旅《たび》じゃった。近《ちか》くにそれがいなくなれば次《つぎ》の旅《たび》を始《はじ》める。そうして地《ち》球《きゅう》のすみずみにまで、広《ひろ》がった。

マンモスは、かくもどでかい。一頭《とう》しとめれば、どれほど、ありがたかったことか。マンモスはほかの動物《どうぶつ》たちのようにすばやくは動《うご》けぬ。その大《おお》きさが、かえって、あだとなった。トナカイやヘラジカがいても、すばやい。棒《ぼう》の先《さき》にくりつけた石《いし》の槍《やり》ごときで、そうやすやすとはしとめられぬわ。

じゃがマンモスは、どうじゃ？　逃《に》げもかくれもできぬ。このどでかい体《からだ》では。ときには落《お》とし穴《あな》もほった。崖《がけ》に追《お》いつめて、追《お》いおとした。なあに足《あし》、片《かた》ほうふみぬいてくれれば、動《うご》きを止《と》められれば、あとはじっくりじゃ。とりかこみ、石《せっ》器《き》とはいえ、その槍《やり》を投《な》げつづけ、石《いし》を投《な》げつづける。そして、じっくりとせめれば、もはや、勝《か》ち負《ま》けは、火《ひ》を見《み》るよりもあきらか。

だが、そんな原始人《げんしじん》たち、いいや、石器人《せっきじん》とよぶほうがいいかな。そんなかれらは、牙《きば》などほしがらぬ。肉《にく》と毛皮《けがわ》だけあればいい。毛皮《けがわ》は小屋《こや》をおおい、身《み》にまとい、寒《さむ》さをしのいだ。そして、ついに狩《か》りつくされた。

ほかにもそのわけはいくつかあるというが、絶滅《ぜつめつ》にいたった主《おも》な説《せつ》は、この二つじゃと」

館長《かんちょう》の話《はなし》を聞《き》いているうちに、のら号《ごう》が木《こ》の間《ま》がくれに見《み》えてきた。ん!?　どうした?　ゆれている。風《かぜ》のときの動《うご》きとは、だいぶちがう。

「あっ、カラスだ」

それは、めさぶろでなくてもわかった。大《おお》きなカラスが、キャビンを出《で》たり入《はい》ったりしてるんだ。そのたびに、風船《ふうせん》が鳴《な》ってるにちがいない。なんだってぇ、のら号《ごう》のやつ、まるで、喜《よろこ》んでるみたいじゃないか。左右《さゆう》におどって。

「このやろう」

さけんで、まっ先《さき》にかけだしたのは、はなじろだった。

カラスが、キャビンから飛《と》びだして、木《き》のてっぺんに止《と》まった。がんじょうそうなくちばしだ。つやのある、まっ黒《くろ》な全身《ぜんしん》だ。

バサリと翼《つばさ》をひらいて、あっというまにどこかへ消《き》えた。

キャビンの中《なか》で、カリカリのふくろがひとつ、食《く》いやぶられていた。

「このどろぼうガラスぅ」

だれだったんだろう、ののしったのは。ぺぺ？　めさぶろ？　いいや、もしかしたら、パトラちゃんだったかもしれない。

今夜《こんや》は、カリカリも、ニボシもなしだ。みんな、満腹《まんぷく》だ。カラスにくれてやろう、カリカリのひとふくろくらいは。

「ところでな、さっきのあやつな、ワタリガラスかもしれん。いろいろと思《おも》いだしたぞ。

あやつはかしこい。人《ひと》にうやまわれたりもしちょる。先住民《せんじゅうみん》というてな、大昔《おおむかし》から、その地《ち》に生《い》きつづけてきた民族《みんぞく》がいる。

この先《さき》は、アジア大陸《たいりく》と北米大陸《ほくべいたいりく》のアラスカが海峡《かいきょう》で分《わ》かれちょる。ベーリング海峡《かいきょう》という。そのアラスカの先住民《せんじゅうみん》はな、じぶんたちの祖先《そせん》は、なにかの動物《どうぶつ》じゃったと信《しん》じとるんじゃそうでな。

クマであったり、ワシやタカであったり、オオカミであったりと。そのひとつに、ワタリガラスがあるんじゃ。

ワタリガラスはかしこい。ふしぎな力《ちから》をやどしちょる。種族《しゅぞく》を守《まも》ってくれる。そう信《しん》じて守《まも》り神《がみ》の像《ぞう》を今《いま》でもつくっちょる。集落《しゅうらく》、つまり小《ちい》さな村《むら》の入《い》り口《ぐち》に、トーテムポールというのを立《た》ててな。

楽《たの》しかったぞ、その写真《しゃしん》は。カラスなのにな、顔《かお》は赤《あか》や黄色《きいろ》にぬりたくられちょって、まるでピエロのようじゃった。

高《たか》い、太《ふと》い一本《ぽん》の木《き》に、たくさんの動物《どうぶつ》の顔《かお》をほる。そのてっぺんは、決《き》まってワタリガラス。知恵《ちえ》と勇気《ゆうき》に満《み》ちあふれ、心《こころ》もやさしい。

じゃのに、わしらのカリカリを。

まっ、賢者《けんじゃ》ではない、いたずらものも、おるじゃろ、たくさんの中《なか》には」

ふわあ、っと、館長《かんちょう》が大《おお》あくびした。井上《いのうえ》さんのつくってくれた暖房《だんぼう》キャビンは暖《あたた》かい。ペペが、こっくりした。

3　ヒグマのごちそう

次《つぎ》の朝早《あさはや》くだった。のら号《ごう》がとつぜんゆれた。風船《ふうせん》がポコポコ鳴《な》った。ねむけまなこのみんなが、いっせいにとびおきた。

あいつだ。あいつがモミの木《き》の枝《えだ》にちょこんと止《と》まってる。

みんなをひとわたり見《み》わたして、ぱっと翼《つばさ》をひらいた。のら号《ごう》がふわっとういたのを、みんなわかった。

なんだってえ、のら号《ごう》、さそってるのか。

「ぺぺ、めさぶろ、止《と》め綱《づな》をといてみよ」

ふわりと、のら号《ごう》が宙《ちゅう》にういた。あきらかに、のら号《ごう》はそのつもりらしい。

ワタリガラスが先《さき》にたつ。のら号《ごう》はそれを追《お》いはじめた。

「まかせてみよう、のら号《ごう》に」

ぐんぐんと、目《め》の下《した》にタイガの森《もり》が広《ひろ》がる。ツンドラの原野《げんや》もだ。

「あっ、牙《きば》ハンターのロシア人《じん》だ」

めさぶろがゆびさした。オフロードのオートバイが後《あと》になり先《さき》になりして、北《きた》へ向《む》かっていく。後《うし》ろに、それぞれ、あの牙《きば》をくくりつけて、肩《かた》に銃《じゅう》をしょって。

「ありがとよぉ。うまかったよぉ、サケ。酒《さけ》もなめたかったけどさあ、またいつかねえ！」

はなじろの思《おも》いきりの大声《おおごえ》が、三人《にん》を見送《みおく》った。

その森《もり》が大《おお》きく割《わ》れた。川《かわ》がひとすじ流《なが》れでている。せまい谷川《たにがわ》で、流《なが》れはけっこう強《つよ》いみたいだ。その川岸《かわぎし》に、なにかいる。

「クマだぞ。ヒグマだ。あっ、子《こ》グマもいる」

めさぶろが、キャビンから、落《お》っこちそうなくらいに身《み》を乗《の》りだした。

いるいる、親子《おやこ》あわせて、十数頭《すうとう》はいるだろう。

ヒグマが、なにかくわえて、岸《きし》にあがった。大《おお》きな魚《さかな》が、その口《くち》であばれている。魚《さかな》は、サケやカラフトマスだ。

三、四年《ねん》も海《うみ》を旅《たび》して、ようやくふるさとの川《かわ》へ帰《かえ》ってきたというのに。おなかには、ぽんぽんになるほどの卵《たまご》をかかえてるっていうのに。

あんなに食《く》われてって思《おも》うけど、なあに、渓流《けいりゅう》の色《いろ》を変《か》えて、さかのぼってくる。上流《じょうりゅう》にはきっと、流《なが》れがおだやかで卵《たまご》を産《う》みやすい小石《こいし》の川底《かわぞこ》が待《ま》ってるはずだ。

ヒグマがまた流《なが》れにとびこんだ。はげしい水《みず》しぶきがあがった。カラフトマスをがぶりとくわえて、岸《きし》へあがっていく。

子《こ》グマたちには、そうはいかない。いくど母《かあ》ちゃんのまねをしても、とれるやつは一ぴきもいない。

母《かあ》ちゃんが、ほとんどを食《た》べのこす。いちばんのごちそうは、そう、サケなら人《ひと》がイクラとよぶ卵《たまご》みたいだ。

食《た》べのこしを、子《こ》グマたちが、むさぼり食《く》っている。ん!? そのまた食《た》べのこしを待《ま》ってるのは、子《こ》グマだけじゃない。あれは茶色《ちゃいろ》や黒《くろ》のしましまがある、ホッキョクギツネだ。なんと、カラスも群《む》れでいる。


さっと、ワタリガラスがモミの木《き》の一本《ぽん》に止《と》まった。

行《い》ってこい、って言《い》うみたいに、首《くび》をふった。のら号《ごう》はその木《き》につながれた。

「おこぼれをもらおう。ぜいたくな食《た》べ方《かた》だ。わたしらには、もったいないくらいだ」

クックだって、そののどが、もう、ごくりと鳴《な》った。みんな幹《みき》をかけおりた。

こんなとき、ネコは便利《べんり》だ。すばやいし、小《ちい》さな岩《いわ》かげにだって身《み》をかくせる。

さあ、どこにある? ヒグマの食《た》べのこしは。

あそこだ。カラスたちは、キツネのところからさわぎながら舞《ま》いあがるから、すぐわかる。そこからだいぶはなれた川岸《かわぎし》のおこぼれに、みんな、しのびよった。

この、まだ半分食《はんぶんく》いのこされてる一ぴきがあれば、みんなにはじゅうぶんすぎる。

それが油断《ゆだん》だった。

キツネたちは三びきもいた。とんがった口《くち》から、細《ほそ》いけどその分《ぶん》するどそうな歯《は》がのぞいた。鼻《はな》にしわがよって、白《しろ》いヒゲがぴっぴっと動《うご》いた。

だめだっ、油断《ゆだん》しすぎた。どっちへ逃《に》げても、どれかが来《く》る。相手《あいて》は三びき。だれかがおそわれる。後《うし》ろは、はげしい川《かわ》の流《なが》れが渦《うず》まいている。絶体絶命《ぜったいぜつめい》ってやつだ。

はなじろとクックが、館長《かんちょう》の前《まえ》に立《た》ちふさがった。パトラちゃんの前《まえ》には、ゴッゴとぺぺとめさぶろだ。みみいちろは、一ぴきのキツネのま正面《しょうめん》に立《た》って、体中《からだじゅう》の毛《け》をさかだてた。

とびかかられたら、思《おも》いきりのジャンプだ。あいつらの背中《せなか》をとびこえながら、手《て》を思《おも》いきりひらく。富士山丸《ふじさんまる》のたくちゃんじこみのりゅうきゅう空手《からて》〝虎爪《こそう》の技《わざ》〟だ。ねらいは目《め》。はずれても、鼻《はな》。敵《てき》の急所《きゅうしょ》のひとつだ。

カッとひらいた口《くち》に、赤《あか》い舌《した》がのぞいた。もしかして食《く》うつもりか、おれたちを！　みんな体中《からだじゅう》の毛《け》をさかだてて、ふうっと息《いき》をふいた。

キツネたちは、それぞれ、
始《はじ》めにどいつにかみつくか、
ねらいを定《さだ》めたみたいだ。
身《み》を低《ひく》くして、とびかかる
姿勢《しせい》をとった。
　身《み》がまえるみんなの足《あし》もとを、
黒《くろ》い影《かげ》が走《はし》った。いくつもだ。
見《み》あげた。
カラスだ。
ワタリガラスたちだ。

どこからあらわれたんだろう。近《ちか》くで、ヒグマのおこぼれのカラフトマスなんか、あさってたのだろうか。

ホッキョクギツネが、ジャンプした。その頭上《ずじょう》すれすれに、ワタリガラスが宙返《ちゅうがえ》りした。

カラスたちは、頭《あたま》をねらってつつこうとする。背中《せなか》やしっぽをけろうとする。けっこうするどそうな爪《つめ》をひらいて。

「今《いま》のうちだっ」

クックが走《はし》った。続《つづ》いて、ぺぺとめさぶろもだ。

モミの木《き》をかけあがった。つなぎとめてあったロープをといた。

はやく、はやく、かけあがれ、のら号《ごう》へ。

ありがたい。カラスたちは、まだ戦《たたか》っていてくれてる。クックにせかされて、館《かん》長《ちょう》が、ロープにとびついた。続《つづ》いてパトラちゃん。さいごはクックになった。

もうだいじょうぶだ。だけど、キツネたちは逃《に》げるでもなく、牙《きば》をむいている。

ワタリガラスたちも、まだ攻撃《こうげき》をやめないでいる。

だめだ。だいじょうぶじゃなかった。のら号《ごう》が、ぐんと、下《した》に引《ひ》きもどされた。

クマだ。ヒグマだ。母《かあ》ちゃんグマだ。小岩《こいわ》のかげに子《こ》グマが二頭《とう》いる。ちぢこまって、上《うえ》を見《み》あげている。

そうか、宙《ちゅう》にういてるあやしい鳥に、おびえてるんだ。だけど、母《かあ》ちゃんグマは、ちがってた。

――なによっ。わたしのかわいい子《こ》たちをこわがらせて。許《ゆる》さない。

太《ふと》い爪《つめ》が、ロープをしっかりとつかんでいる。立《た》ちあがって、ぐいぐいと引《ひ》いた。かみついて引《ひ》きずりおろして、また、かわるがわるの両足《りょうあし》の爪《つめ》だ。

このままでは、キャビンだって、あぶない。それなら、乗《の》っているみんなもだ。

あれだ。あれしかない。井上《いのうえ》さんが発明《はつめい》してくれた、〝雷《かみなり》さまのたまご〟の出番《でばん》だ。こわくて、だれもさわってない。だから〝雷《かみなり》さまのたまご〟の威力《いりょく》はわからないけど、試《ため》すしかない。

ゴッゴが、つり竿《ざお》にとびついた。
「おせっ、赤《あか》のボタンだ」
だけどヒグマの母《かあ》ちゃんの
どでかい頭《あたま》にくらべて、
たよりなさすぎる。こんなのが、
ほんとうに味方《みかた》になるのか。
キャビンのふちにしがみつきながら、
みんな祈《いの》った。
ギァ、ギャオウッという、悲鳴《ひめい》といっしょに
ヒグマの母《かあ》ちゃんが頭《あたま》をかかえた。
その声《こえ》は、キツネとカラスたちにもとどいたようだ。
もうひとつ、バン！　という、銃声《じゅうせい》ににた音《おと》も聞《き》いた。
キツネもカラスも、たちまち姿《すがた》をくらました。

ヒグマ母子《おやこ》も、いちもくさんに逃《に》げていく。

「最強《さいきょう》だっ、のら号《ごう》」

「井上《いのうえ》さんって、すげえ！」

さけんでいたのは、だれとだれだったんだろう。

それにしても、こわかった。こわすぎた。ヒグマにホッキョクギツネ。こんなのがうようよしてるのか、このシベリアのタイガやツンドラには。

夜《よる》ののら号《ごう》でみんな、ちょっとびびっていた。

そんなのら号《ごう》のとなりのモミの木《き》の枝《えだ》がゆれた。みみいちろが、その音《おと》を聞《き》きつけて、そっとのぞいた。

「なにか来《き》てるっ」

めさぶろも、そっとのぞいた。

「鳥《とり》だよ、でっかい。目《め》、光《ひか》って、にらんでる。おっかねえよう」

みんなのぞいた。

「フクロウじゃぞ。へたすりゃ、わしらは、食《く》われる」

ゴッゴが、あの雷《かみなり》さまのたまごにとびついて、かまえた。

「おせ、ぺぺ」

ボタンにいちばん近《ちか》いのは、ぺぺだった。

なんにも、おきない。いくどもおしてるみたいなのにだ。

「なにやってる。白《しろ》は、キャビンの暖房《だんぼう》のだ。どけっ」

はなじろが、赤《あか》ボタンをおした。

ばん、という音《おと》といっしゅんの光《ひかり》だ。それだけで、じゅうぶんだった。ばさりとあわてた羽《はね》の鳴《な》る音《おと》を残《のこ》して、どでかいフクロウは、逃《に》げていた。

次《つぎ》の朝《あさ》も、へんなのが、次《つぎ》つぎやってきた。

「あっ、へんな角《つの》、平《ひら》たい。しゃもじみたいだ」

「あっちのは、角《つの》、とんがってる」

「ウサギも、来《き》てる」

なんと、木《き》の枝《えだ》には、リスまでいる。

「ヘラジカじゃぞ、角《つの》の平《ひら》たいのは。とがっちょるほうはトナカイじゃ」

館長《かんちょう》が、すっとんきょうな声《こえ》をあげたときだ。ヘラジカとトナカイが、大《おお》あわてで森《もり》へとびこんで姿《すがた》を消《け》した。

かわりにあらわれたのは、オオカミたちだった。

ヘラジカにもトナカイにも、オオカミは、おそろしい天敵《てんてき》だ。それなのに、五、六頭《とう》のオオカミたちは、えものを追《お》おうともしないで、のら号《ごう》を見《み》あげているだけだ。ん!?　半分《はんぶん》くらいが、しっぽをおしりにまきこんでいる。あれは犬《いぬ》たちの仲間《なかま》が、なにかにおびえているときのしるしだ。

ゴッゴが雷《かみなり》さまのたまごをにぎった。

クックが、それを止《と》めた。

「危険《きけん》はないよ、ゴッゴ」

「そのとおりじゃろ。みんな、のら号《ごう》を見物《けんぶつ》に来《き》たんじゃろ。空《そら》から来《き》た珍客《ちんきゃく》を見《み》にな。ヒグマでさえ逃《に》げだした、すごいやつじゃ。いったい、どんなやつなんじゃろ、とな。

森《もり》には、おしゃべりカケスもおるじゃろ。たちまち、あたりに広《ひろ》まったか」

クワッ、となにかが近《ちか》くで鳴《な》いた。

「おう、うわさをすればなんとやら。

あれがカケス、じゃよ」

館長《かんちょう》がゆびさして笑《わら》った。

大《おお》きさは、ふつうのカラスくらい。色《いろ》は、茶色《ちゃいろ》だったり、白《しろ》いところがあったりの、しましまだ。

「夕《ゆう》べのフクロウも、見物《けんぶつ》だったのかもしれませんね、館長《かんちょう》」

「わしもそんな気《き》がする、みみいちろ。だとしたら、悪《わる》いことをしてしもうたな」

ゴッゴが、ちょっと首《くび》をすくめた。

シベリアの動物《どうぶつ》たちを見《み》られたのは楽《たの》しかった。だけど、やっぱりのら号《ごう》からはなれるのは、危険《きけん》だ。

あのときはワタリガラスに救《すく》われた。だけど、あんなところへのら号《ごう》をつれてったのは、あのワタリの中《なか》の一羽《わ》だ。助《たす》けてあたりまえだって、はなじろはいきまいた。

「やっぱり、カラスは信用《しんよう》できねえ」

そのワタリは〝見物客《けんぶつきゃく》〟の中《なか》に姿《すがた》を見《み》せなかった。夜《よる》が来《き》た。

「あっ、なんだよぉ、あれ！」

「飛行機雲《ひこうきぐも》だよ。へえ、こんな北《きた》の空《そら》も、飛行機《ひこうき》、飛《と》ぶんだ」

そう、みんなは知《し》らないけど、北《きた》アメリカとヨーロッパを結《むす》ぶ、航空路《こうくうろ》っていう空《そら》の道《みち》があるんだ。

飛行機《ひこうき》は、ひとすじ、長《なが》い雲《くも》を残《のこ》して、西《にし》へ消《き》えた。

そのあとだった。

「あっちはなんだあ」

めさぶろの、悲鳴《ひめい》みたいな声《こえ》だった。

ほんとうに、なんなのだろう、あれは。

空《そら》いちめんに、とつぜん光《ひかり》の帯《おび》がわいた。それは天空《てんくう》からたれさがって、ゆれる。風《かぜ》にゆれる巨大《きょだい》なカーテンだ。それも、赤《あか》から黄色《きいろ》、そして緑《みどり》に、渦《うず》まきながら。

「おう、オーロラじゃよ、これがっ。太陽《たいよう》からくる〝電磁波《でんじは》〟という目《め》に見《み》えないつぶが、地球《ちきゅう》をつつむ大気《たいき》の壁《かべ》にぶつかって光《ひか》る。冬《ふゆ》から春《はる》にかけて、この北極《ほっきょく》と南極《なんきょく》の空《そら》だけにあらわれる、宇宙《うちゅう》の神秘《しんぴ》。まさに神《かみ》の見《み》せてくれる奇跡《きせき》の業《わざ》、じゃ」

「飛《と》んでみましょう館長《かんちょう》、あのカーテンの中《なか》を」

「おう！」

止《と》め綱《づな》がとかれた。のら号《ごう》も、きっとその気《き》だ。綱《つな》がとかれるのをもどかしそうに、たちまち森《もり》の上《うえ》はるかに、かけあがった。

みんな息《いき》をのんだ。声《こえ》もでなかった。なんなのだ、これはっ。光《ひかり》が、たばになって舞《ま》う。のら号《ごう》をすっぽりとつつむようにゆれうごく。波打《なみう》ちながら、カーテンが

おどる。

すっと、のら号《ごう》をかすめて、影《かげ》がひとつ横切《よこぎ》った。

「ワタリだっ」

だれかが気《き》づいて、さけんでいた。

ワタリ? そう、そのほうがいい。ワタリガラスでは、名《な》まえが長《なが》すぎる。そういえば、いつからか〝ワタリ〟と、みんなよびはじめていたんだ。

ワタリといっしょにオーロラの中《なか》を飛《と》んだことまで覚《おぼ》えている。だけどそのあとのことを、だれも覚《おぼ》えていなかった。

朝《あさ》が来《き》ていた。なんと、こんどは見《み》わたすかぎり、新雪《しんせつ》におおわれた原野《げんや》が、どこまでも広《ひろ》がっていた。

4　戦《たたか》った母《かあ》さんマンモス

ワタリが、たしかにそうだ。ワタリが、遠《とお》くを飛《と》ぶ黒《くろ》い点《てん》をひとつ見《み》つけた。

「あっ、ワタリのやつだっ」

めさぶろが、遠《とお》くを飛《と》ぶ黒《くろ》い点《てん》をひとつ見《み》つけた。たしかにそうだ。ワタリが、

ゆっくりとせん回《かい》している。

「あの下《した》になにかありそうだよぉ」

せん回《かい》してるその下《した》に、たしかにこんもりと、なにかが見《み》える。

「行《い》ってみよう」

ゴッゴが、翼《つばさ》の糸《いと》まき器《き》にとびついていた。

雪《ゆき》の小山《こやま》から、とんがったなにかが二本《ほん》、枯《か》れ草《くさ》からつきだしている。

「おりてみる。ぺぺ、めさぶろ、かかれっ」

ロープを結《むす》ぶには、もってこいだ。あの長《なが》いなにかは。のら号《ごう》がおりるのと同時《どうじ》だった。それを見《み》とどけるみたいにして、ワタリが高《たか》くたかく舞《ま》いあがった。

どうしたんだろう、北《きた》をめざして、小《ちい》さくなっていった。

「マンモスだよぉ、クック。牙《きば》、二本《ほん》そろってる」

牙《きば》だけじゃない、もしかしたら全身《ぜんしん》の骨《ほね》だ。しかも、立《た》った姿《すがた》は想像《そうぞう》できないほどに大《おお》きい。牙《きば》がつきでているおでこが、見《み》えた。こんもりと高《たか》い。

骨《ほね》だけじゃない。毛《け》も残《のこ》っている。ところどころ長《なが》いながぁい毛《け》だ。中《なか》をのぞくと、空洞《くうどう》だ。あばら骨《ぼね》がきれいにならんで、ドームを形《かたち》づくってる。上《うえ》には草《くさ》がいっぱいつまって。きっと風《かぜ》に運《はこ》ばれてきた草《くさ》が引《ひ》っかかって、いつのまにか天井《てんじょう》の役目《やくめ》になったにちがいない。

歯《は》もある。四本《ほん》きりだけど、その一本《ぽん》が、背中《せなか》を丸《まる》めたぺぺくらいの大《おお》きさだ。

　これって、すごい。みんな、今《いま》、マンモスの体《からだ》の中《なか》にいるんだ。高《たか》いたかい、骨《ほね》のドームを見《み》あげて、ことばもなくした。ひざを折《お》った形《かたち》で、四本分《ほんぶん》の足《あし》も転《ころ》がっている。これが全身骨格《ぜんしんこっかく》というのか。

「だけど、どうしてだい、館長《かんちょう》。マンモス、みんな、氷《こおり》づけになって

うまってるはずじゃない？」

「そうじゃよな、ぺぺ。じゃが、それは、わしにもわからん」

みんなだまりこくって、ただ骨《ほね》のドームを見《み》あげるばかりだった。

「そうじゃった。井上《いのうえ》さんが言《い》うとったな。ここシベリアのマンモスは、毛《け》が、とくべつ長《なが》いケナガマンモスじゃと。

じゃがな、耳《みみ》は小《ちい》さいんじゃと。アフリカゾウにくらべたら、まるでないみたいに。

暑《あつ》いところでは、風《かぜ》がほしい。うちわのかわりになる。ところが、シベリアでは、それはいらぬ。広《ひろ》い耳《みみ》など、かえってしもやけのもとじゃろな。これも、進化《しんか》のふしぎのひとつなんじゃろな」

そうなのか。だけど、どうなる？　このケナガマンモスの牙《きば》は、骨《ほね》は。

次《つぎ》の夏《なつ》、発見《はっけん》されるんだろうか、あのマンモス・ハンターたちに。

だけど、おかしい。凍土《とうど》の中《なか》じゃなくて、どうして、ツンドラにむきだしの一頭《とう》分《ぶん》なんだろう。

ぶるるって、パトラちゃんがふるえた。

その夜《よる》、館長《かんちょう》は井上《いのうえ》さんにメールを送《おく》った。

みんなぶじ
ふしぎをたのしんじょります
まいくるうオーロラのもとで
　　　　　　かんちょう

井上《いのうえ》さんは、ピッピッという音《おと》でスマホをひらいたけど、そこには、ひと文字《もじ》もなかった。

「おかしいな、だれからかもわかんない。館長《かんちょう》かもしれないけど……」

首《くび》をひねりながら、ぱたんとスマホを置《お》いていた。

同《おな》じころ、のら号《ごう》のみんなは、ますますごくなるオーロラを、息《いき》をのんで見《み》あげていた。

そして、次《つぎ》の朝《あさ》が明《あ》けた。

「あっ、ワタリだ。下《した》になにかいる。動《うご》いてる。大《おお》きなのだ。

あっ、ほかにもいる。いっぱいだよぉ。マンモスかもしれないよぉ」

もちろん見《み》つけたのは、めさぶろだ。

なにぃ？　マンモスがいるのか。生《い》きてるのか。大《おお》きいのと小《ちい》さいの？　群《む》れでいるっていうのか。そんなはずあるもんかっ。

「行《い》くぞっ」

クックが命《めい》じていた。ぺぺとめさぶろが、止《と》め綱《づな》をとくのも、のら号《ごう》は、もどかしそうだった。風船《ふうせん》はぽこぽこと鳴《な》り、一秒《びょう》でもはやく飛《と》びたちたがっているみたいだ。

操縦《そうじゅう》だって、する必要《ひつよう》なかった。じぶんから、まっしぐらにのら号《ごう》はめざした。あの、ばらばらに動《うご》く影《かげ》めざして。

なんだってぇ、ほんとうにマンモスじゃないか。ケナガマンモスじゃないかっ、
なんていう大《おお》きさだ。こんもりとでっぱった頭《あたま》。そこから、じぶんでももてあまし
そうな二本《ほん》の、あの牙《きば》だ。
巨大《きょだい》なマンモスに
くらべて、あの小《ちい》さな
動《うご》くほうは、なんだ。

やっぱり毛《け》むくじゃらだ。頭《あたま》から背中《せなか》、ひざまでだ。ん!? マンモスの子《こ》ども? ちがう。なぜって、二本足《ほんあし》で立《た》ってる。そして、手《て》に、なにかにぎってる。十以上《いじょう》のそのなにかが、マンモスをぐるりととりかこんでるじゃないか。

手《て》のなにかが、いっせいに投《な》げられた。あっけなく下《した》に落《お》ちたいく本《ほん》かが、ケナガマンモスの足《あし》にへしおられたみたいだ。だけどそうならなかったのが、マンモスの胴《どう》や、のどのあたりにつきたって、ゆれた。マンモスの鼻《はな》がふりまわされる。つきたった棒《ぼう》が、はらいおとされる。

もう、だれにもわかった。あれは人《ひと》、人間《にんげん》だ。毛《け》むくじゃらなのは、みんな、なにか、動物《どうぶつ》の毛皮《けがわ》を着《き》ているからだ。えものの、きっと、トナカイかなんかの。マンモス、生《い》きてるんだっ。あれは、原始人《げんしじん》たちだ。狩《か》りのまっさい中《ちゅう》なんだ。

そんな!

とうとう、マンモスが前足《まえあし》をがくんと折《お》った。前《まえ》のめりになって、背《せ》たけが半分《はんぶん》

ほどに低《ひく》くなった。狩人《かりゅうど》たちのかこいが、その分《ぶん》、ちぢまった。中《なか》に、まだ子《こ》どもがひとりまじっていた。いちにんまえに槍《やり》をにぎって、マンモスめがけて投《な》げていた。だけど、まだ強《つよ》くはやく投《な》げる力《ちから》はないみたいだった。槍《やり》はマンモスに当《あ》たりはしても、力《ちから》なく下《した》に落《お》ちるだけだった。

ひとりが、その背中《せなか》へよじのぼった。手《て》にした石器《せっき》の槍《やり》を頭上《ずじょう》にふりかぶった。とびあがり、全身《ぜんしん》の力《ちから》をこめて、首《くび》すじにつきたてた。

マンモスの鼻《はな》がふりあげられた。ばんと男《おとこ》をふりはらった。男《おとこ》が宙《ちゅう》に舞《ま》って、転《ころ》がりおちた。どこか打《う》ったのか、起《お》きあがろうとしない。その上《うえ》に、マンモスが、どうとたおれた。長《なが》い毛《け》がおおいかぶさった。男《おとこ》の姿《すがた》が見《み》えなくなった。

・・・

槍《やり》はもう投《な》げられなくなっていた。マンモスに近《ちか》づき、全身《ぜんしん》の力《ちから》でつきさすんだ。ぷるると鼻《はな》が鳴《な》った。それがマンモスの、さいごの息《いき》だっただろう。

男《おとこ》たちが、長《なが》い毛《け》をかきわけた。その中《なか》から片手《かたて》だけが、はいだそうとしてゆびがひらいて、力《ちから》なくとじた。男《おとこ》たちがその手首《てくび》をにぎり、引《ひ》っぱりだした。だけどもう、息《いき》をしていなかった。

まだ子《こ》どもの狩人《かりゅうど》が引《ひ》っぱりだされた男《おとこ》にすがりついて、なにかさけんでいる。

父《とう》ちゃん、父《とう》ちゃんってか。きっとそうだ。

この先《さき》どうなるのか。館長《かんちょう》の言《い》っていたとおりのことがおこるにちがいない。

「帰《かえ》ろう。もういい」

クックが、のら号《ごう》の翼《つばさ》を見《み》あげた。

こんなこと、きっとのら号《ごう》だって見《み》たくなかったにちがいない。こんなことがおこるなんて、夢《ゆめ》にも知《し》らなかったにちがいない。

のら号《ごう》は、その場《ば》からまるで逃《に》げるみたいに、高《たか》く舞《ま》いあがった。広《ひろ》いツンドラの原野《げんや》が、もっともっと広《ひろ》がる。

「あっ、また、マンモス！　あいつもいるっ。ワタリのやつだ！」

めさぶろの、それはまるで悲鳴《ひめい》だった。その動《うご》かない目《め》の先《さき》を、みんな追《お》った。

そこは、今《いま》のマンモス狩《が》りの現場《げんば》から、はるかに遠《とお》い。狩人《かりゅうど》たちからは、まず見《み》つからないだろう。
「子《こ》どもか、まだ」
クックが手《て》をかざした。
きっとそうだ。牙《きば》はもう
生《は》えているのかいないのか。
逃《に》げてく足《あし》どりだって、
雪《ゆき》に足《あし》をとられてなんだか、
いちにんまえじゃない
みたいに見《み》える。
鼻《はな》をふりたてた。
なにか遠《とお》くのにおいでも
かぎたがってるみたいだった。
その上《うえ》を、まるで、急《いそ》げと、

せかすみたいに、あのワタリガラスだ。その姿《すがた》が、ようやく森《もり》にかくれた。

「さっきのマンモス、お母《かあ》さんだった？　あの子《こ》の」

「そうだったのかもな、パトラ。ワタリのやつ、なんとかして、逃《に》がそうとしてたのかもしれない」

ゴッゴの言《い》ったとおりかもしれなかった。

のら号《ごう》は森《もり》へもどって、またモミの木《き》につながれた。

みんな、だまりこくっていた。なにがなにやら、まったくわからない。ぶるってふるえる音《おと》までしたのは、だれだった？

「まとめてみよう。と言《い》うても、まとまりはせぬかもしれんが。のう、機長《きちょう》」

「はい、館長《かんちょう》。まず、時間《じかん》です。あのマンモスの全身《ぜんしん》の骨《ほね》を見《み》たのは、きのうだったはず。場所《ばしょ》もきっとあそこです。この二頭《とう》は、なんだか同《おな》じだったような気《き》がします」

クックの言《い》ったとおりだ。原野《げんや》の北《きた》につらなる山《やま》の形《かたち》は同《おな》じだ。のら号《ごう》が夜休《よるやす》む森《もり》も、いっしょだ。それは、まちがいない。となると、骨《ほね》のマンモスと狩《か》られたマンモス、二つは同《おな》じだったと考《かんが》えてもいい。

「マンモス、同《おな》じだとしたって、やっぱりへんです。今日《きょう》のが先《さき》で、きのうのが後《あと》なら、つながりますよ。時間《じかん》がたって、あのマンモスが骨《ほね》だけになるなら。それが、まったく逆《ぎゃく》。ありえませんよ、機長《きちょう》」

「そこじゃよ、ゴッゴ。もし、わしらが今《いま》いる時《とき》と、そうでない時《とき》が、なにかのためにごちゃまぜにされとるとしたら？

とんでもないいたずらものが、そうしちょるとしたら？　そやつには、その、とんでもない力《ちから》がある。いたずらに見《み》えるが、そのたくらみは、なにかの使命《しめい》。そのひとつが、おきちょる。きのうでないきのうと、〝今日《きょう》〟でない〝今日《きょう》〟。

それどころか、わしらは、マンモスの生《い》きちょる時代《じだい》に、さそいこまれちょるっ」

「あいつだっ」

「あいつだ。ワタリのやつだ」

ぺぺとめさぶろが、同時《どうじ》にさけんだ。

「わたし、もうひとつへんに思《おも》うことあるんです、館長《かんちょう》さん」

「ほう、なんじゃろなパトラ」

「あの原始人《げんしじん》の狩人《かりゅうど》たち、すぐ上《うえ》にいるのら号《ごう》に目《め》もくれなかった。あれは、見《み》えてなかったからじゃないかしら。

あのヒグマもホッキョクギツネも、わたしたちをおそった。シベリアの動物《どうぶつ》たち、わざわざ、見物《けんぶつ》にまでやってきた。ちゃんと見《み》えてたから。

この、今《いま》でない今《いま》は、わたしたちには見《み》える。わたしたちのほうからは見《み》えても、向《む》こうからは見《み》えない。あの原始《げんし》の狩人《かりゅうど》たちから、わたしたちのほうは。

だれか、見《み》た？　あの人《ひと》たち、上《うえ》、見《み》あげた？　気《き》がついて、ゆびさした？　だれひとりいなかった。

すぐ上《うえ》なのよ、のら号《ごう》のわたしたち。気《き》がつかないはず、ない。狩人《かりゅうど》たちと、のら号《ごう》とは、〝今《いま》〟がちがう。もちろんわたしたちとも。

ちがいますか、わたしの考《かんが》え」

館長《かんちょう》がうなずいた。クックもだ。そして。みんな、それに続《つづ》いた。

それにしても、このあとどうするか。またのら号《ごう》ででかけるのか。でも、どこへだ。こんどはなにがあらわれるっていうんだ。いつまで、それは続《つづ》くのか。あのワタリガラスがこうしたのなら、いつまで知《し》らんぷりを続《つづ》けるんだろう。こんなおかしな時間《じかん》の中《なか》へ、さそいこんで。

「ひとつ、たしかめましょう。いたずらものは、きっと、そうさせたくて、うずうずしてるでしょう」

「大《だい》さんせいじゃ、わしも。クック機長《きちょう》」

「あした、のら号《ごう》でまた飛《と》ぼう」

夜《よる》を待《ま》たず、またオーロラだ。光《ひかり》のカーテンが、ドームがおどりくるう。原野《げんや》も森《もり》も、すっぽりとつつみこんで。みんな息《いき》をのんで、それを見《み》あげるばかりだった。

5 原始人《げんしじん》の村《むら》

夜明《よあ》けを待《ま》たず、のら号《ごう》は原野《げんや》を飛《と》んだ。雪《ゆき》は夜《よる》のうちにまたふったみたいに、深《ふか》そうだ。その原野《げんや》にこんもりとひとところ、もりあがっている。あれはきのうの、狩《か》りに負《ま》けちゃったマンモスにちがいない。あのあとどうなったんだろう?

「おりるっ」

ぺぺとめさぶろが、クックの指図《さしず》で、ロープにとびついた。

こんもりともりあがった雪《ゆき》は巨大《きょだい》マンモス一頭分《とうぶん》の骨《ほね》だった。

やっぱりおかしい。たったの一日《にち》で、こんな骨《ほね》だけになるはず、ない。こんなにも大《おお》きいんだ、おとなのケナガマンモスは。皮《かわ》は、かなり残《のこ》されているけど、それ

もはいで、肉《にく》を持《も》ってかえるには、どれだけ時間《じかん》がかかることだろう。

「やはりな。まず、わしらは骨《ほね》だけのマンモスを見《み》た。次《つぎ》が、狩《か》られるマンモスじゃ。おそらくこの二つは、同《おな》じじゃった。それがまた、一日《にち》きりで骨《ほね》にもどっちょる。時間《じかん》が、行《い》ったり来《き》たりじゃ。狩《か》られたあと、このマンモスにどれほどの日《ひ》がたっていることか。

それでも、こうして骨《ほね》になるまでには、そう時《とき》はかかるまいて。この大地《だいち》に生《い》きるものどもにとって、なによりありがたい。きっと、なめとるように、骨《ほね》だけにするじゃろ。

オオカミも、ホッキョクギツネもヒグマも、天《てん》に感謝《かんしゃ》しながらな。そして、はなじろのきらう、カラスどももな。いいや、あのワタリガラスとてな。すまして、気《き》どってなどおるまいよ。

この牙《きば》は、あのマンモス・牙《きば》ハンターたちにやがて見《み》つかりほりだされるじゃろな。じゃがそれは、谷《たに》にうまり、氷《こおり》にとざされての一万年《まんねん》ものちのこと」

骨《ほね》のドームをでた。のら号《ごう》がなんだか、飛《と》びたがっているみたいだ。風《かぜ》はないのに、あんなにそわそわ、ゆれている。

遠《とお》くに、あれはなんだ？　煙《けむり》だ。ひとすじの煙《けむり》が、まっすぐに立《た》ちのぼっていく。のら号《ごう》が、行《い》きたがっているのは、あそこかもしれない。もしかしたらあの、狩人《かりゅうど》たちの村《むら》があるのかもしれない。その、たき火《び》の煙《けむり》かもしれない。

森《もり》へ近《ちか》づいた。動《うご》いてるあれは、人《ひと》だ。

「原始人《げんしじん》たちだよぅ。ほら、子《こ》どもも、なん人《にん》もいるっ」

めさぶろでなくても、それがわかるほど、すぐ近《ちか》くになっていた。

見《み》あげろ、上《うえ》を。見《み》えるか、おれたちが。たしかめたい。パトラちゃんのした推理《すいり》を。

「おうい、こっち、見《み》ろぉ」

ぺぺがいきなり大声《おおごえ》をあげた。みんな、身《み》を乗《の》りだして、下《した》を見《み》た。聞《き》こえたはずだ。思《おも》いきりの大声《おおごえ》だったんだから。

なんにもおこらなかった。追《お》っかけっこしてるみたいな子《こ》どもたちは、あそびに

夢中《むちゅう》だった。

たき火《び》が赤《あか》い。いいにおいもしてくる。かみぼさぼさの、あれは母《かあ》ちゃんたちかもしれない。みんなきっと肉《にく》かなにか、やいてるのだろう。

低《ひく》い小屋《こや》が、三つならんで立《た》っている。あの、ハンターたちの丸太小屋《まるたごや》とはちがう。ドーム型《がた》の屋根《やね》からすっぽりとおおいかぶさっているのは、ケナガマンモスの毛皮《けがわ》だ。まちがいない、長《なが》くて暖《あたた》かそうな、ケナガマンモスのだ。いったいなん頭《とう》分《ぶん》あるんだろうか。

「おりてみたいな、いいでしょ、機長《きちょう》」

ゴッゴが聞《き》いた。クックが、目《め》で館長《かんちょう》に聞《き》いた。館長《かんちょう》がうなずいた。

「なにかおきたら、すぐにかけあがれ。ここで、のら号《ごう》と待《ま》つ。みんな、ゴッゴの指示《しじ》にしたがえ」

クックと館長《かんちょう》だけが、のら号《ごう》に残《のこ》った。ぽかりと原始人《げんしじん》たちの村《むら》の上空《じょうくう》にういたままで。

やっぱりだ。だれひとり、ネコたち仲間《なかま》のだれにも目《め》もくれない。

小屋《こや》の中《なか》は、どうなっているんだろう。

「入《はい》ろう」

ゴッゴに続《つづ》いて、ぞろぞろとそのひとつに入《はい》りこんだ。

母《かあ》ちゃんが女《おんな》の子《こ》をよんだ。
女《おんな》の子《こ》が、かけよった。
『さあ、できたわよ。着《き》てごらん』
そう言《い》ったにちがいない。
頭《あたま》から、すっぽりとかぶったのは、
なにかの毛皮《けがわ》。つやつやしてて、
暖《あたた》かそうだ。毛《け》からして、
マンモスのじゃない。あの
ヘラジカか、トナカイのだろう。
小屋《こや》の片《かた》すみに、赤《あか》んぼがねてる。
毛皮《けがわ》から顔《かお》だけだして、すやすやと、寝息《ねいき》まで聞《き》こえてきそうだ。
天井《てんじょう》は低《ひく》い。母《かあ》ちゃんが立《た》って歩《ある》くのがやっとの高《たか》さだ。骨組《ほねぐ》みは、なんとマン
モスの牙《きば》だ。それを組《く》みあわせた上《うえ》に、その毛皮《けがわ》だ。マンモスの毛皮《けがわ》をすっぽりと

かぶせた、原始人《げんしじん》の家《いえ》だ。

『にあうわ、とても』

『うれしい。おにいちゃんに見《み》せてくる』

女《おんな》の子《こ》が、かけだした。うっかり、パトラちゃんをけとばした？　かもしれない。だけど、つまずきもしなかったし、パトラちゃんの毛《け》一本《ぽん》、そよがなかった。

みんなも、ドームの外《そと》へでた。たき火《び》のひとつに、あっ、あのときの少年《しょうねん》だ。

少年《しょうねん》の横《よこ》に、できあがったばかりらしい槍《やり》が四本《ほん》、ならんでいた。五本目《ほんめ》の棒《ぼう》に、先《さき》のとがった石器《せっき》がくくりつけられ、なにかの毛《け》で編《あ》んだひもを口《くち》にくわえて、きりりと引《ひ》っぱったところだった。

女《おんな》の子《こ》がその前《まえ》で、くるりとひとまわりして見《み》せた。

『どう、おにいちゃん、にあう？』

『ぴったりだな。母《かあ》ちゃんは、ぬいものの名人《めいじん》だ』

きっと、そう言《い》いあったんだ。

森《もり》の奥《おく》から声《こえ》がした。狩人《かりゅうど》たちが帰《かえ》ってきたみたいだ。手《て》に手《て》に、あの石器《せっき》の槍《やり》をにぎっている。きっと狩《か》りにでかけていたにちがいない。だけど、みんな手《て》ぶらだ。子《こ》ジカ一頭《とう》、おみやげはなかったみたいだ。

あれはきっと、この原始人《げんしじん》の村《むら》の頭《かしら》にちがいない。森《もり》をゆびさして、首《くび》を横《よこ》にふった。それから、立《た》ちならんでいるテントをゆびさした。

なんだ？　なにが始《はじ》まろうとしてるんだろう。テントの中《なか》から、いろんなもの、といっても、毛皮《けがわ》くらいしかないけど、そんなものが運《はこ》びだされはじめた。マンモスの毛皮《けがわ》のテントがはがされて、なにかのつるひもで、たばねられていく。

引《ひ》っこし？　そうかもしれない。だけどどこへだ。なぜだ？

その引《ひ》っこしを、ひとりだけ手《て》つだおうとしないものがいる。あの少年《しょうねん》だ。

「みんな、もどれ。もういいにしよう」

宙《ちゅう》にういているのら号《ごう》から、クックが身《み》を乗《の》りだしていた。

「クック、あそこ」

飛《と》びたってすぐだった。めさぶろがゆびさしたのは、雪《ゆき》の原野《げんや》だ。ただひとり村《むら》をぬけだしていくのは、あの少年《しょうねん》だ。わきの下《した》に、槍《やり》をかかえている。

「あいつだよ、クック。父《とう》ちゃんを、マンモスに殺《ころ》されたやつだ」

「あとを追《お》おう」

クックの手《て》が、翼《つばさ》のロープにのびていた。

原始人《げんしじん》の少年狩人《しょうねんかりゅうど》は、歩《ある》きにくそうだ。原野《げんや》の雪《ゆき》の深《ふか》いところは、ひざまでもぐるみたいで、かきわけられたあとが、まっすぐに続《つづ》いてく。

狩人《かりゅうど》の前《まえ》に、もうひとつ足《あし》あとがあらわれた。少年《しょうねん》の前《まえ》を横切《よこぎ》っているその足《あし》あとは丸《まる》くて、きそく正《ただ》しく間《あいだ》をあけて、どこまでも続《つづ》いてく。

「あっ、マンモスだ」

ぺぺがさけんで、ゆびさした先《さき》に、たしかに茶色《ちゃいろ》い毛《け》のかたまりが動《うご》いている。

遠《とお》くだけれど、そのマンモスは、この前《まえ》のよりも、ずいぶんと小《ちい》さいのがわかる。まだ、子《こ》どもなのかもしれない。そうだった、ワタリガラスがひっしに逃《に》がそうとした子《こ》マンモスが、まだ生《い》きのこってるんだ。

子《こ》どもだといったってマンモスだから、追《お》っている人間《にんげん》とくらべたら、くらべものにならないけれど。それを追《お》っているのか、少年《しょうねん》の狩人《かりゅうど》がたったひとりで。

「まだ戦《たたか》うのかよお。だけど、一対《たい》一だぞ。こんどはマンモスのほうが強《つよ》いぞ」

はなじろの言《い》うとおりかもしれない。

あいつはあのとき、たしかに槍《やり》を投《な》げてた。だけど、一本《ぽん》もつきたてられなかった。それをみんな、たしかに見《み》ている。

だけど、もうひとつ見《み》ていたことがある。マンモスの下《した》じきになって死《し》んだのはこの少年《しょうねん》の父親《ちちおや》だった。そうか、あの女《おんな》の子《こ》の父《とう》ちゃんだったのか。赤《あか》んぼもいた。四人《にん》の家族《かぞく》が、とりのこされたんだ。

子《こ》どもマンモスは、なんと、あの母《かあ》さんマンモスの骨《ほね》のドームの前《まえ》に立《た》ってた。少年《しょうねん》が槍《やり》をかまえてせまっているのに気《き》づいたはずだけど、逃《に》げようとしなかった。

「あいつ、敵討《かたきう》ちのつもりかよぉ。ひとりだけで」

「へんじゃないか。うらんで敵討《かたきう》ちしたいのは、マンモスの子《こ》だっておんなじだろう。母《かあ》ちゃん殺《ころ》されたんだぞ」

「おれ、味方《みかた》する、マンモスのほうに」

「おれも」

「おれも」


だれが言《い》ったのか、もうわいわいでわからなかった。

味方《みかた》するって言《い》ったって、どうするんだ。雷《かみなり》さまのたまごを使《つか》うのか。今《いま》の今《いま》でない時《とき》に、はたして、役《やく》に立《た》つのか。

それに、少年《しょうねん》のほうが悪《わる》いはずもない。だけどそれは、マンモスの子《こ》どもだって、同《おな》じだ。だけど、両《りょう》ほうとも、親《おや》を殺《ころ》された、まさしく敵《かたき》どうしだ。

ひとつ、ちがうことがある。復讐《ふくしゅう》にもえてるのは目《め》の前《まえ》でそうなった少年《しょうねん》のほうだけで、ケナガマンモスの子《こ》のほうは、それを知《し》らない。ワタリにつれられて逃《に》げて、そのあとようやく母《かあ》ちゃんをさがしあてたんだ。だけど、母《かあ》ちゃんマンモスは、もう、こんなになっている。そうなら、マンモスの子《こ》だって復讐《ふくしゅう》にもえたって、あたりまえのことだろう。

だけどそれって、ぜったいにない。ただただ、逃《に》げるだけで生《い》きつづけてきたはずだ。そして、ついにほろびたんだ、ケナガマンモスのほうは。

それじゃあ、原始人《げんしじん》たちのほうがすべて悪《わる》い？　ううん……それって、むずかしすぎる。きっと館長《かんちょう》にもクックにもだ。

一本目《ぽんめ》の槍《やり》が、正面《しょうめん》に投《な》げられた。まだまだ短《みじか》くて、飾《かざ》りみたいな牙《きば》で、カチンと音《おと》がした。石器《せっき》の槍《やり》はあっけなく、マンモスの足《あし》もとに落《お》ちた。

二本目《ほんめ》は鼻《はな》がふりはらった。

のら号《ごう》がま横《よこ》にゆれた。いきなりの強《つよ》い横風《よこかぜ》だった。雲《くも》がきゅうに厚《あつ》くなっていく。その灰色《はいいろ》の雲間《くもま》が割《わ》れた。いきなりの稲妻《いなずま》だった。どんと、大地《だいち》が鳴《な》った。雪《ゆき》がふりだした。ななめになって。

なにも高《たか》いもののない原野《げんや》では、空中《くうちゅう》にあるのら号《ごう》は雷《かみなり》の落《お》ちる目標《もくひょう》になる。

「おりる。のら号《ごう》をつなげ」

クックがそうさけんだけど、だだっ広《ぴろ》い原野《げんや》に、ロープを結《むす》べるようなところはない。

「機長《きちょう》、あそこしかありません」

ゴッゴがゆびさしたのは、なんと今《いま》ふたり・・・・が戦《たたか》っているま横《よこ》の、あの母《かあ》さんマンモスの牙《きば》だった。

クックがうなずくのを見《み》て、ぺぺとめさぶろが、ロープにとびついた。

なんという、急激《きゅうげき》な吹雪《ふぶき》なんだ。もう、目《め》もあけていられないほどだ。稲光《いなびかり》がまた走《はし》った。戦《たたか》うふたりを、いっしゅん、白《しろ》い光《ひかり》がつつんだ。ようやく牙《きば》につながれたのら号《ごう》は、たちまち雪《ゆき》の重《おも》みに負《ま》けて、地上《ちじょう》にへたりこんだ。

少年《しょうねん》の手《て》に、もう槍《やり》はなかった。みんなマンモスにふみおられたのか、雪《ゆき》にうずまったかしたのだろう。姿《すがた》は雪《ゆき》まみれで、もう立《た》ってもいられなくなっていた。

子《こ》マンモスは前足《まえあし》を折《お》って、なんと、母《かあ》さんの骨《ほね》の中《なか》にはいずって入《はい》った。

「おれたちもだ。もぐれっ」

クックの命令《めいれい》だった。

みんなわれ先《さき》に、ドームの中《なか》へ転《ころ》がりこんでいた。

のら号《ごう》は、もう役立《やくた》たずだ。この吹雪《ふぶき》にきっと、うめつくされていくだろう。

暖《あたた》かい。もぐりこんだ

母《かあ》さんマンモスの長《なが》い毛《け》のおかげだ。これなら、こごえなくてすみそうだ。

だけど、もうひとりいた。こごえそうなやつが。毛《け》をかきわけて、みんな見《み》た。あの少年《しょうねん》はうずくまって動《うご》かなくなっていた。その上《うえ》に雪《ゆき》がふりつもっていく。ようしゃなくだ。あるのはもう、かろうじてうずくまった、人《ひと》の形《かたち》だけだ。

敵討《かたきう》ちは少年《しょうねん》の負《ま》けだ。たしかに一本《ぽん》だけ、にくい父《とう》ちゃんの敵《かたき》の子《こ》マンモスの前足《まえあし》に槍《やり》は浅《あさ》くつきささった。だけどそれだけ。じぶんのほうは、雪《ゆき》にうもれていく。

どうする。子《こ》マンモスに味方《みかた》できなかったけど、マンモスのほうが勝《か》った。だから、これでいいのか？

いいや、よくない。なぜかわからないけど、それもちがう。ゴッゴが動《うご》いた。だけど、なにをどうできる？　八ぴき力《ちから》をあわせたって、こんな雪《ゆき》にうまりかけた人《にん》間《げん》を、まだ少年《しょうねん》だといったって、人《ひと》ひとりをどうできるというんだ。それでも、ゴッゴは、とびだしていた。少年《しょうねん》の肩《かた》らしいあたりにとびのって、頭《あたま》の雪《ゆき》をふりはらった。はなじろが、みみいちろが、それに続《つづ》いた。

中《なか》に残《のこ》った館長《かんちょう》たちが、マンモスの動《うご》くのを感《かん》じたのは、そのときだ。みんな、毛《け》をかきわけてのぞきみた。

鼻《はな》が動《うご》いた。雪《ゆき》をはらいのけて、ぐるりと、なにかをまいたんだ。

稲光《いなびかり》が、いっしゅん、それを照《て》らしだしていた。

朝《あさ》が来《き》ていた。あの猛吹雪《もうふぶき》は、まるでうそみたいに晴《は》れわたった青《あお》い空《そら》だった。

あれからどうなった？　冷《ひ》えきって、もうだめかもしれない少年《しょうねん》は、みんなといっしょだった。子《こ》どもマンモスの長《なが》い毛《け》と、その体温《たいおん》にくるまれて。少年《しょうねん》は目《め》をあけなかった。そっとパトラちゃんが、その顔《かお》に手《て》をふれたけれど。みんな外《そと》へでた。少年《しょうねん》のことも気《き》になるけど、のら号《ごう》はどうなった。情《なさ》けなくも、吹雪《ふぶき》に負《ま》けてた。なんとしてでも、ほりださなくちゃならない。

雪《ゆき》をかきわけた。はしっこを持《も》って、力《ちから》をあわせた。でも、雪《ゆき》は深《ふか》くて重《おも》すぎた。

マンモスの毛《け》が、かきわけられた。少年《しょうねん》の顔《かお》がのぞいた。

どこまで覚《おぼ》えているんだろう。きょとんとした目《め》が、マンモスを見《み》あげた。

おれは、そうだった。吹雪《ふぶき》に負《ま》けた。負《ま》けたのはマンモスにじゃないぞ。だけど、凍《こお》りついたはずだ。

さいごの力《ちから》をふりしぼって、こいつの毛《け》の中《なか》にもぐりこんだ？　ちがう、こいつは敵《かたき》だ。父《とう》ちゃんの敵《かたき》だ。そんな覚《おぼ》えはない。それじゃあなぜ？

立《た》ちつくす少年《しょうねん》を、館長《かんちょう》が見《み》あげた。

「おまえさんはな、助《たす》けられたんじゃよ、なんと敵《かたき》の子《こ》にな。なぜ、この子《こ》マンモスがそうしたのか、わしらにはわからん。だがな、おまえさんのずっとずっと先《さき》、おまえさんたち人《ひと》の子孫《しそん》は、いいことばを残《のこ》しちょる。〝恩《おん》讐《しゅう》をこえて〟ということばじゃよ。

恩《おん》はありがたい。けっして忘《わす》れるな。だが、それを忘《わす》れぬのと同《おな》じように、うらみをのりこえ許《ゆる》しあおう。恩《おん》は石《いし》に刻《きざ》み、うらみは水《みず》に流《なが》せとな。

復讐《ふくしゅう》はまた復讐《ふくしゅう》をよぶ。そうなれば、きりがない。許《ゆる》しあえ。争《あらそ》いの先《さき》に、もっともっと偉大《いだい》なものがある。それをわかるはずのものが、人《ひと》。おまえさんは、その〝人《ひと》〟の始《はじ》まりなんじゃよ」

少年《しょうねん》の目《め》がおよいだ。今《いま》のはなんだ？　風《かぜ》の声《こえ》か？　遠《とお》いどこかの鳥《とり》のさえずりか？　森《もり》の、おしゃべりカケスの声《こえ》が、風《かぜ》にのって、なにかに聞《き》こえたのか？

ぐるりとあたりを見《み》まわした。だれもいない。

少年《しょうねん》とマンモスの子《こ》どもは、向《む》かいあって立《た》っていた。それはずいぶん長《なが》い時間《じかん》に、みんな感《かん》じていた。少年《しょうねん》は、足《あし》もとの、半分雪《はんぶんゆき》にうもれかけてる槍《やり》を一本《ぽん》ひろった。だけど、もう、目《め》の前《まえ》の子《こ》マンモスに、つきたてようとはしなかった。

少年《しょうねん》が歩《ある》きだした。いくどか後《うし》ろをふりかえりながらだった。

だけど、このまま帰《かえ》らせていいのか。このあたりにはもう、えものはいない。いても数《かず》は少《すく》ない。だから、原始人《げんしじん》たちは引《ひ》っこすのだ。トナカイやマンモスのあふれる新《あたら》しい豊《ゆた》かな天地《てんち》をもとめて。

だけど、待《ま》て。ここにはまだ子《こ》どもだといったって、マンモスが一頭残《とうのこ》っているじゃあないか。しかも敵《かたき》の子《こ》だ。そう考《かんが》えてたって、おかしくはない。

「あいつ、もどってくるぞ、きっと。助《たす》けようよ、機長《きちょう》」

はなじろが言《い》って、ぺぺもめさぶろも、クックを見《み》た。

「でも、原始人《げんしじん》たちには、おれたちのすがたは見《み》えない、さわれない。さわれないものとは、戦《たたか》えるはずがない。でも、なんとかしなければいけないいんだ……。

そうだっ。雷《かみなり》さまのたまごがあった。のら号《ごう》をほりだせ。急《いそ》ごう」

6　さいごのマンモス

のら号《ごう》は、雪《ゆき》にほとんどうまっていた。のぞいてるところも、凍《こお》りついている。風船《ふうせん》も半分以上《はんぶんいじょう》しぼんで、とてもいつものようにうかびあがる力《ちから》はなさそうだ。

「キャビンをほりだせ。とりあえず、ひとつだけあればいい。のぼりおりロープの雪《ゆき》をたたきおとせ。できるかぎり、のら号《ごう》を、軽《かる》くするっ」

クックの計画《けいかく》は、こうだ。のら号《ごう》を、とにかく高《たか》くうかせる。原始人《げんしじん》の投《な》げる槍《やり》のとどかない高《たか》さに。

さあ、雷《かみなり》さまの出番《でばん》だ。原始人《げんしじん》めがけて、ぶんぶんふりまわす。先《さき》っぽが当《あ》たるのは、頭《あたま》だってうでだって、どこだっていい。きっとたまげる。たまげて逃《に》げだ

す。音《おと》と光《ひかり》と、ものすごいビリビリ。マンモス狩《が》りどころじゃなくなるはずだ。
原始人《げんしじん》たちも雷《かみなり》なら知《し》ってるはずだ。大地《だいち》がゆれる音《おと》はなんだ。天《てん》が怒《いか》りくるうような
あの雲《くも》をつんざく光《ひかり》はなんだ。
ことを、おれたちはしたか。ん、したかもしれない。だけどあの天《てん》の怒《いか》りは、その
あと、少《すこ》し怒《おこ》りすぎたことをわびてくれる。そのわびの贈《おく》りものは、火《ひ》だ。肉《にく》をや
いてくれる。寒《さむ》さと戦《たたか》ってくれる。オオカミの群《む》れを遠《とお》くに追《お》いやってくれる。だ
けど、その正体《しょうたい》は、やっぱり怒《いか》りだ。いつもおれたちの体《からだ》をつきぬけて、ばらばら
にしようとしてる。
だけど、のら号《ごう》は、うまりすぎてた。にぎにぎ手《て》ぶくろなんか、とても歯《は》が立《た》た
なかった。
「ワタリだ。あいつ、どこ行《い》ってたんだ。なにしてたんだ。こいつを、守《まも》るんじゃ
なかったのかよぉ。この役立《やくた》たずめっ」
はなじろが、めずらしく、めさぶろより先《さき》に、ワタリを見《み》つけた。

ワタリは、カァ、とひと声鳴《こえな》いただけで、へんじなんかしなかったけど、それはいつものことだった。なんと、子《こ》マンモスの、まだ短《みじか》い牙《きば》の片《かた》ほうへ止《と》まったんだ。なんだか、あたりまええみたいに。

だけど今《いま》は、こんな役立《やくた》たずのカラスなんかにかまってはいられなかった。時間《じかん》がおしい。あの少年狩人《しょうねんかりゅうど》は、村《むら》をめざしているはずだ。雪《ゆき》をかきわけかきわけ急《いそ》いでいるだろうけど、やがて着《つ》く。そして、きっとゆびさす。あっちに、マンモスが一頭《とう》、残《のこ》ってる。父《とう》ちゃんの敵《かたき》だっ。

館長《かんちょう》が、ぽんと、にぎにぎ手《て》ぶくろの手《て》を打《う》った。

「手《て》をかせ。

ワタリ、おまえさんならわかるじゃろ、わしらがなにをしたがっちょるのか」

ワタリが羽《は》ばたいた。わずかに雪《ゆき》からのぞいているキャビンに舞《ま》いおりて、カァ、とひと声鳴《こえな》いた。子《こ》マンモスを見《み》あげて。

長《なが》い鼻《はな》が動《うご》いた。ぱっぱと雪《ゆき》がちる。見《み》るまにキャビンがあらわれた。続《つづ》いて、翼《つばさ》だ。オレンジと赤《あか》、雪《ゆき》にはえて、なんてあざやかなんだろう。

キャビンの中《なか》の雪《ゆき》は、子《こ》マンモスの鼻《はな》のひとふりでとびちった。のら号《ごう》が、なんとかういた。ひとつきりにしたキャビンもだ。だけど下《した》にくっついてるロープが、どうしても重《おも》い。きんきんに凍《こお》りついていた。クックの心配《しんぱい》は、これだった。

それでも、キャビンにまずひとり乗《の》る。風船《ふうせん》の力《ちから》でなんとかうき、風《かぜ》をもらえる高《たか》さになれば、いっきに翼《つばさ》を広《ひろ》げられる。じゅうぶんな高《たか》さになればいい。全員乗《ぜんいんの》る必要《ひつよう》はない。翼《つばさ》をあやつるものひとり。雷《かみなり》さまのたまごをふりまわす役《やく》がひとりあればいい。残《のこ》りのものは下《した》で戦《たたか》うんだ。タクちゃんじこみの〝虎爪《こそう》の技《わざ》〟で。

それでも、いちばんの大役《たいやく》は、ひとり目《め》ののら号乗《ごうの》りになる。

「おれが！　機長《きちょう》」

名《な》のりでたのは、やっぱりはなじろだった。いいだろう。こんなときには、乱暴《らんぼう》だけど勇気《ゆうき》ではひといちばいの、はなじろの出番《でばん》だ。

「たのむぞ」

クックが、大《おお》きくうなずいた。

はなじろは、ロープにとびついた。

いつものように、すばやく身軽《みがる》にかけあがっていく。

ところがだ。

「ウギァー！」

はなじろが、なんともいえない悲鳴《ひめい》をあげた。体《からだ》が丸《まる》くちぢまって、落《お》ちた。

幸《さいわ》い下《した》は雪《ゆき》だ。そうでなくとも着地《ちゃくち》のうまさは、ネコたちの得意技中《とくいわざちゅう》の得意技《とくいわざ》。

みごとに反転《はんてん》して、雪《ゆき》の上《うえ》に落《お》ちた。ずぼりと雪《ゆき》にうまったけれど。

「ビリビリがっ。雷《かみなり》のスイッチが入《はい》ってるっ」

なんということだ。それじゃあ、のら号中《ごうじゅう》に電気《でんき》が走《はし》りまわってることになる。

原始人《げんしじん》と戦《たたか》うどころか、へたをすれば、こっちもあぶない。

なにがどうなったのかわからない。雪《ゆき》にうまって半分死《はんぶんし》んでたみたいなのら号《ごう》が、おかしくなって、敵《てき》も味方《みかた》もわからなくなってあばれだしたんだろうか。さあ、どうする。

「クック機長《きちょう》」

みみいちろが手《て》をあげた。

「たしかビリビリは、三秒《びょう》おきでしたね。それなら、その三秒分《びょうぶん》、ロープをかけあがれます。ビリビリが来《く》るしゅんかんに、ロープからはなれる。キャビンにとびこんで、すばやくボタンをおして解除《かいじょ》する。ぼくがそれをやります」

「しかしな、みみいちろ。もし爪《つめ》の一本《ぽん》でもロープに引《ひ》っかかり、ぬけなくなったりしたら命《いのち》にかかわるぞ」

「だいじょうぶです。そこは慎重《しんちょう》に。ぼくの名《な》は、だてじゃありません。この耳《みみ》は、聞《き》きつけられるんです。おそらく、百分《ぶん》の一秒先《びょうさき》におきる変化《へんか》を。

ビリビリが来《く》るぞ。きっとそれをだれよりも早《はや》く感知《かんち》できる耳《みみ》です。やらせてください、クック機長《きちょう》」

ほかに、打《う》つ手《て》はない。狩人《かりゅうど》の少年《しょうねん》は村《むら》に帰《かえ》る。ふりむいてきっとゆびさす。狩人《かりゅうど》たちがやってくる。手《て》に手《て》に、あの、石器《せっき》とはいえ、母《かあ》ちゃんマンモスまでしとめた、使《つか》いなれた槍《やり》を持《も》って。時間《じかん》はない。

「たのむ、みみいちろ」

みみいちろが、ロープにとびついた。きっちりと三秒《びょう》、その間《あいだ》はすばやくかけあがる。ぱっとロープをはなし、宙《ちゅう》にうく。そのいっしゅんのあと、また上《うえ》へ。みんな祈《いの》っていた。はなじろみたいにならないように。その姿《すがた》が、キャビンへととびこんだ。

「やったあ！」

ぺぺとめさぶろ、それにパトラちゃんが歓声《かんせい》をあげた。ところが、その歓声《かんせい》をうちけしたのは、みみいちろのさけび声《ごえ》だった。

「だめですっ。ボタンが凍《こお》りついてて、動《うご》きませんっ」

みみいちろが、ジャンプした。

そうか、やっぱりだ。三秒《びょう》にいちどのビリビリは、キャビンにも走《はし》るんだ。

だめか。のら号《ごう》でも、こんなことがおきるのか。最強《さいきょう》のはずののら号《ごう》が、最悪《さいあく》になるなんて。

「おりていい、みみいちろ。きみが危険《きけん》だっ」

そのとおりだ。ああして三秒《びょう》おきのジャンプが、いつまで続《つづ》けられるものか。つかれてキャビンの底《そこ》に落《お》ちて、もしはいあがれなかったら？　機器《きき》がもっとくるって、三秒《びょう》おきでなくなってしまったら？　雷《かみなり》さまは三千《ぜん》ボルトなんだ。

みんな、いっせいにだった。おりてこぉいと首《くび》がいたくなるほど上《うえ》を向《む》いてさけんだ。と、そのときだ。ワタリが飛《と》んだ。あっというまもなく、みみいちろのいるキャビンへ飛《と》びこんだ。そのふちのすぐ下《した》に、あの赤《あか》、黄《き》、白《しろ》のスイッチがある。

「赤《あか》いのだ、たのむ、ワタリくん」

みみいちろの声《こえ》がふってきた。
コンコン、コンコンと、
だれの耳《みみ》にもわかる、
かたいものがかたいものを
たたく音《おと》がたてつづけにした。
そうか、きっとそうだ。
ワタリが、凍《こお》ったスイッチボタンを
たたいてるんだ。まわりの氷《こおり》がくだかれれば、
おされっぱなしのボタンは、もとにもどる！
みみいちろの、三秒《びょう》おきのちょうやくがやんだ。
「直《なお》りましたぁ、機長《きちょう》ぅ！」
「よしっ。そのまま、きみは、そこにいてくれ。あとも、きみにまかせる。
翼《つばさ》を広《ひろ》げよ、風《かぜ》をもらえ」

のら号《ごう》が翼《つばさ》を広《ひろ》げた。風《かぜ》をもらったようだ。

クックがそれを見《み》あげながらうなずいた。

「次《つぎ》のひとり、めさぶろ、行《い》け。狩人《かりゅうど》たちの動《うご》きを知《し》らせよ。おまえのじまんの目《め》の出番《でばん》だ」

うれしそうに笑《わら》って、めさぶろがロープにとびついたのと、ほとんど、同時《どうじ》だった。ワタリが舞《ま》った。

「その役《やく》は、ぼくに」

ななな、なんだってえ。今《いま》のは、だれの声《こえ》だあ？　上《うえ》からだったぞ。だけど、みみいちろのじゃなかった。あのワタリ？　カラスのワタリぃ？

「あいつ、話《はな》せたのか、おれたちのことばを」

はなじろが言《い》ったとおりなら、ありがたい。知《し》らん顔《かお》しておれっちの話聞《はなしき》いていたなら、なにもかもわかったはずだ。なにがおきて、なににこまって、なにをどうしようとしているのか、のら号《ごう》のみんなのことを。

だから、わかったんだ。スイッチボタンのことも、ビリビリのことも。

なにより、ありがたいのはあのワタリガラスはやっぱり子《こ》マンモスを守《まも》ろうとしていることだ。それなら、味方《みかた》だ。そのワタリが、遠《とお》くに消《き》えた。

時間《じかん》がすぎていく。

「なにか見《み》えるかあ、めさぶろ。狩人《かりゅうど》たちに動《うご》きはあるかぁ」

クックが、クックらしくもなく、あせっているみたいだ。

「煙《けむり》があがってる。森《もり》のほうからぁ。

原始人《げんしじん》のあいつ、そっちへ向《む》かってくぅ」

「こっちへ来《き》そうか、原始人《げんしじん》たちぃ」

「あっ、大《おお》ぜい森《もり》からでてきた」

きっと立《た》ちのぼる煙《けむり》は目《め》じるしだ。きのう夕《ゆう》ぐれ間近《まぢか》になって、みんなさわぎだしたにちがいない。あの子《こ》がいない。いったい、いつからだ。

雪《ゆき》に残《のこ》された足《あし》あとは見《み》つかった、森《もり》からの出口《でぐち》に。その先《さき》の原野《げんや》には、闇《やみ》がせまっている。あとを追《お》うには、もうむりだ。凍《こご》える原野《げんや》に、仲間《なかま》を危険《きけん》にさらすわけにはいかない。おまけに、いきなりの雷《かみなり》と吹雪《ふぶき》だった。朝《あさ》を待《ま》とう。幸運《こううん》を祈《いの》るしかない。夜通《よどお》し火《ひ》を燃《も》やせ。煙《けむり》を高《たか》くたかくあげつづけよう。

頭《かしら》はきっと、そう命《めい》じたにちがいない。

森《もり》の出口《でぐち》にあらわれた仲間《なかま》たちが、ひざまである雪《ゆき》をかきわけて、やってくる。男《おとこ》たちだけじゃない。あの母《かあ》ちゃんと、妹《いもうと》もいる。少年狩人《しょうねんかりゅうど》が、槍《やり》をにぎったままの右手《みぎて》を高《たか》くたかくあげた。ワタリが、その上《うえ》をせん回《かい》しているのを、めさぶろは見《み》た。

ぶじだったか。

よかった。

どこへ行《い》ってたのよ、おにいちゃん。

ばかね、心配《しんぱい》させて。

口《くち》ぐちにそう言《い》いあっているにちがいない。めさぶろは、かたずをのんで、見《み》つづけた。きっと、こうなるっ。

少年狩人《しょうねんかりゅうど》は、さがしに来《き》てくれた仲間《なかま》たちに、ふりかえってゆびさす。あっちに、まだマンモスがいる。父《とう》ちゃんの敵《かたき》の子《こ》だ。

まだ子《こ》どもだけど、子《こ》どもだといったってマンモスだ。十日《とおか》や二十日《はつか》くらいは、みんなの胃《い》ぶくろを満《み》たしてくれるはずだ。引《ひ》っこしは、あわてなくてもすむ。

来《く》るなら来《こ》い。虎爪《こそう》の技《わざ》、見《み》せてやる。めさぶろは、武者《むしゃ》ぶるいした。

だけど少年狩人《しょうねんかりゅうど》は、ただのいちども、ふりかえろうとさえしなかったんだ。妹《いもうと》と手《て》をつないだ。仲間《なかま》たちにかこまれながら森《もり》へ消《き》えた。

それと入《い》れかわるみたいに、森《もり》からワタリが舞《ま》いでた。大《おお》きく羽《は》ばたきながら帰《かえ》ってくる。みんなのま上《うえ》で、高《たか》くたかく三回《かい》、輪《わ》をかいた。

声《こえ》が、ふってきた。

「もう、狩人《かりゅうど》は来《き》ませんよぉ。旅立《たびだ》ちますぅ」

みんな、両手《りょうて》をあげて、おどりあがった。

なんだ、虎爪《こそう》の技《わざ》、使《つか》いたかったのに。

なんだ、雷《かみなり》のビリビリ、また使《つか》いたかったのに。

めさぶろもぺぺも、そう言《い》わなかった。クックがふたりをながめて、静《しず》かに笑《わら》った。

「よかったですね、館長《かんちょう》」

「よかった。雷《かみなり》さまのたまご、使《つか》わずにすんだが、なによりじゃ。

原始人《げんしじん》とはいえ、かれらは人《ひと》。やがて星《ほし》の世界《せかい》さえときあかそうとする、知恵《ちえ》と科学《かがく》を手《て》に入《い》れる。命《いのち》のなぞにまでせまる。やはり、すごいんじゃ、人類《じんるい》は。

その始《はじ》まりの人《ひと》を、人間《にんげん》を、あんな、こけおどしの電気《でんき》でおどすなど……。わしらネコごときがな。おっと、井上《いのうえ》さんには、ないしょじゃぞ、今言《いまい》うたこと」

クックが、深《ふか》く、うなずいていた。

「さてと、なにをおいても、のら号《ごう》を直《なお》さぬことにはな。でなくては、わしらはどこにも帰《かえ》れん。今《いま》でない今《いま》からぬけださねばならん。のう、クック機長《きちょう》」

「そうですね、館長《かんちょう》」

クックは笑《わら》いながらこたえたけれど、のら号《ごう》は、そうかんたんにはもとどおりにならないことは、ぺぺにだってわかった。

風船《ふうせん》はほとんどしぼんでしまっているけど、それは予備《よび》ので、なんとかふやせるだろう。だけど、六つのキャビンに八ぴきのネコ。ぜったいにむりだ。いちばんこまるのは、凍《こお》りついたロープの重《おも》さだ。だからといってすててしまったら、のぼりおりはどうする?

「こうするしかない。キャビンは、ひとつひとつ、たてにつなぐしかない。ひとつがあがる。翼《つばさ》に風《かぜ》をもらい、高《たか》くなったその分《ぶん》、またひとつふやす。だが、キャビンは、せいぜい三つだろう。ロープが重《おも》すぎる。すてるしかない。となると、どうやってキャビンまでかけあがるか……」

クックがうで組《ぐ》みした。軽《かる》くてじょうぶなひもか、ロープ。そんなものあるわけない。こんな雪《ゆき》におおわれたツンドラに。

「ある、あるわい」

つぶやくように言《い》ったのは館長《かんちょう》だった。みんな、いっせいに館長《かんちょう》を見《み》た。

「マンモスの毛《け》じゃよ。毛《け》をもらって編《あ》むんじゃ、母《かあ》さんマンモスの」

なんてこと思《おも》いつくんだ、館長《かんちょう》は。みんな顔《かお》を見《み》あわせた。目《め》の前《まえ》に、子《こ》どもがいるじゃあないか。

「あの原始人《げんしじん》たちな、槍《やり》をたばね、毛皮《けがわ》を丸《まる》め、しばっちょった。あの縄《なわ》は、なんじゃったか、だれか気《き》がついたか？」

「あっ、マンモスの毛《け》。毛《け》で編《あ》んだ縄《なわ》」

「そのとおりじゃよ、パトラ」

たしかに、あれ以上《いじょう》の材料《ざいりょう》はないだろう。軽《かる》くてじょうぶで、雪《ゆき》にだって雨《あめ》にだって強《つよ》いはずのケナガマンモスの毛《け》だ。

「原始人《げんしじん》たちは、ここに毛《け》におおわれた皮《かわ》を残《のこ》していきおった。住《す》まいには、じゅうぶんすぎる皮《かわ》があったな。だからじゃろ。

じゃが、そんなことはできぬか。だれよりも大事《だいじ》じゃった、この子《こ》の母《かあ》さんじゃもの」

館長《かんちょう》の言《い》ってることなんか、わからないはずだ。だいいち、こっちからは見《み》えていても、子《こ》マンモスのほうからは。のら号《ごう》をほりだしてくれたのは、ワタリが、そう〝通訳《つうやく》〟してくれたからだったにちがいない。なのに子《こ》マンモスは、じっと、館長《かんちょう》の動《うご》く口《くち》もとを見《み》ていた。

「イイ」

「なんじゃと?」

今《いま》のは、だれの声《こえ》だ？　まさか!?

館長《かんちょう》が目《め》をむいた。

「いいそうです、館長《かんちょう》。使《つか》っていいと言《い》っています」

「それより、見《み》えちょるのか、この子《こ》は、わしらを」

「見《み》えてます、初《はじ》めから。ぼくと同《おな》じに。少《すこ》しだけど、この子《こ》もコトバを」

みんな、顔《かお》を見《み》あわせた。

「恩《おん》にきるぞ。おまえさんの母《かあ》さん、悲《かな》しいことじゃが、こうなってしもうた。じゃが、まだ力《ちから》が残《のこ》っちょる。わしらを助《たす》け、時《とき》をこえた彼方《かなた》へもどしてくれる力《ちから》がな。わしらは見《み》てきた。この大自然《だいしぜん》のおきてをな。命《いのち》はひとつとしてムダに消《き》えてはおらぬことを。それをもろうて生《い》きるものたちにつながっちょる。きっとな、だれひとり、あざわらって命《いのち》をうばうものはいまい。やむをえずうばった命《いのち》には、そうしてもらって生《い》きられる命《いのち》はわび、礼《れい》を忘《わす》れてはならん。それこそ、恩讐《おんしゅう》をこえてな。

もらうぞ、許《ゆる》せ」

館長《かんちょう》が、深《ふか》ぶかと頭《あたま》をさげていた。

毛《け》が切《き》りとられた。のら号《ごう》には、小《ちい》さなはさみもつんである。毛《け》が編《あ》まれた。にぎにぎ手《て》ぶくろで。軽《かる》くてじょうぶな、縄《なわ》が完成《かんせい》した。重《おも》たいロープがはずされた。

ひとつ目《め》のキャビンが、ゆれながらあがった。そして二つ目《め》、三つ目《め》もだ。もうだいじょうぶだ。ひとつ目《め》に乗《の》りこむゴッゴとクック、そしてみみいちろ。翼《つばさ》をぱっとひらく。それ、二つ目《め》、三つ目《め》に、乗《の》りこめ。三つ目《め》のキャビンから、母《かあ》ちゃんマンモスの毛《け》の縄《なわ》が、みんなをのぼらせて、舞《ま》うみたいにゆれるだろう。翼《つばさ》。その下《した》に風船《ふうせん》。下《した》につながるキャビン三つ。それに続《つづ》く縄《なわ》。たてに長《なが》いながぁい、へんてこなのら号《ごう》になるだろう。

そうそう、その縄《なわ》を結《ゆ》いながら、館長《かんちょう》のしてくれた話《はなし》がすごかった。

「かれらはな、石器時代《せっきじだい》に生《い》きちょる。石《いし》は人類《じんるい》が初《はじ》めて手《て》にした道具《どうぐ》じゃった。それが、やがて日本《にほん》では縄文人《じょうもんじん》になる。縄《じょう》というのは縄《なわ》じゃ。文《もん》というのは文様《もんよう》、柄《がら》じゃよ。

石器《せっき》の次《つぎ》に考《かんが》えだしたのが土器《どき》。始《はじ》めは、のっぺらぼう。そこに草《くさ》で編《あ》んだ縄《なわ》をおしつけて楽《たの》しさをくわえた。ん!? もしかしたら、いちばん初《はじ》めの縄文《じょうもん》は、草《くさ》ではなくマンモスの毛《け》の縄《なわ》だったかもしれんな。ちがうか。あまりにも毛《け》は細《ほそ》く、やわらかい。深《ふか》い文様《もんよう》にはむりか。じゃが楽《たの》しいな。いつかどこかで、お、これは、もしや、などと思《おも》わせる、そんな土器《どき》が見《み》つかるかもしれん。はははは」

館長《かんちょう》は声《こえ》をたてて笑《わら》った。

「わしらはな、とても信《しん》じられぬものを見《み》た。そうさせたのはワタリ、おまえさんにちがいなかろう？　じゃがな、おまえさんはいくども姿《すがた》を見《み》せていながら、なにも語《かた》ろうとはしなかった。聞《き》きたいこと、知《し》りたいことが次《つぎ》つぎおこるのにな。じゃが、そのわけはわかった。わしらのことばを聞《き》き、けんめいに覚《おぼ》えとるさいちゅうじゃったからじゃな。

時《とき》が、でたらめじゃった。いつがいつなのか、その後先《あとさき》もわからん。今《いま》は今《いま》でなく、今《いま》でないはずのものの中《なか》に、わしらはいる。

見《み》えるもの、見《み》えないものの境目《さかいめ》もでたらめじゃ。それは、今《いま》でもな。あの狩人《かりゅうど》たちには見《み》えぬのに、同《おな》じ時《とき》にいるこの子《こ》には、わしらが見《み》えとった。この気《き》まぐれは、おまえさんのせいか。

わしらはな、知《し》っちょる。おまえさんのことをな。神《かみ》の使《つか》いじゃと信《しん》ずる者《もの》たちがいるということもな。先祖《せんぞ》はおまえさんたちじゃと、あがめる者《もの》たちのいることもな。トーテムポールのてっぺんにとまる賢者《けんじゃ》であることもな。

ならば、聞《き》かせておくれ。わかるじゃろ、わしらが知《し》りたがっちょることを」

「そうです、館長《かんちょう》、そのために願《ねが》ったのです。そして、かなった。のら号《ごう》のふしぎな力《ちから》をかりて。今《いま》でない時《とき》へ行《い》ける力《ちから》は、ぼくらにはありません。それができたのは、のら号《ごう》のおかげでした。

ぼくらには、言《い》い伝《つた》えがあります。ずっとずっと昔《むかし》、いっしょにくらしていたケナガマンモス。いくつものわけがあってほろびた。このシベリアのタイガの王者《おうじゃ》だったケナガマンモスたちが。

言《い》い伝《つた》えというのは、マンモスはいつかよみがえる。さいごのマンモスだったものが。そんなこと、信《しん》じてなんかいなかった、ぼくらワタリガラスは。

ところが、ハンターたちがあらわれた。かれらは、いったい、なにをさがしているのか。ほりだすのは、いつも牙《きば》だけだったのに、ある日《ひ》、凍《こお》ったままの子《こ》どもが。

ヘリコプターまでやってきた。いったい、あのさわぎはなんだったのか。

なにぃ、あの言《い》い伝《つた》えは、ほんとうになるのか。

仲間《なかま》たちも集《あつ》まった。銃《じゅう》でおどされるまでつきまとった。ぼくは見《み》た。小《ち》さな、まだ牙《きば》も生《は》えかけの小《ち》さな女《おんな》の子《こ》だった。それは、どこかへ運《はこ》ばれた。人間《にんげん》は、あの子《こ》をよみがえらせるのか。人間《にんげん》のカガクって、そんなことまでできるのか。

さいごのケナガマンモスといたのは、遠《とお》いとおい、ぼくらのご先祖《せんぞ》。きっと、仲《なか》よくくらしていたのでしょう。でも、守《まも》ろうとしたけど、できなかった。

大氷河期《だいひょうがき》が来《き》て、大地《だいち》は、長《なが》い間《あいだ》、凍《こお》りつくことになる。そうなれば草《くさ》一本《ぽん》、残《のこ》らない。その年《とし》の始《はじ》まりだった。

『見《み》とどけよ、ケナガマンモスはほろびない』

そう命《めい》じられて、語《かた》りつがれてきた。ぼくら一族《いちぞく》の使命《しめい》となって。

だけど、ぼくは信《しん》じていた。凍《こお》りついてたあの子《こ》のことじゃない。さいごのマンモスは、いるんだ。時《とき》をこえることができれば、きっと会《あ》える。よみがえるマンモスというのは、そっちにいる。だけど、時《とき》をこえる力《ちから》が、ぼくにはない」

「そうじゃったのか。のら号《ごう》は、始《はじ》めから、おまえさんに会《あ》うのが、
こんどの使命《しめい》じゃったかもしれぬな。
そう仕向《しむ》けたのは、おまえさんの、はるかな先祖《せんぞ》」
「ねえ、写真《しゃしん》とろうよ、みんなで」
ペペが、いいことを言《い》った。
もちろんみんな大《だい》さんせいだ。
ゴッゴが、スマホを持《も》った。
マンモスは、なにがなんだか
わからなかっただろうけど、
おもしろがってるみたいに、
みんなを乗《の》せた。頭《あたま》に背中《せなか》に、
鼻《はな》の上《うえ》に。かわるがわる、
なん枚《まい》もの写真《しゃしん》がとられた。

7 輝《かがや》くオーロラの下《した》に

「お別《わか》れです。おかげで、この子《こ》に会《あ》うことができました」

ワタリガラスが、深《ふか》く頭《あたま》をさげた。

「なんの、わしらこそ、すごいものに会《あ》わせてもらえた。じゃが、なんの礼《れい》もできぬ。おう、そうじゃった。カリカリがあった」

「食《た》べる?」

ペペが聞《き》いた。ワタリは首《くび》をふった。

「じつは、あんまりおいしくなかった。試《ため》したけど」

みんな笑《わら》った。

キャビン三つと長《なが》いロープが一本《ぽん》、ツンドラの原野《げんや》に残《のこ》されることになるけど、〝あとをにごしてしまう、たつ鳥《とり》〟になってしまうけど、ここは許《ゆる》してもらうしかなかった。

「ではな。わしらは帰《かえ》らねばならんが、おまえさんはどうなさる。わしらとともにならら、今《いま》の今《いま》へもどれるじゃろが、この子《こ》はどうする？」

「旅《たび》にでようと思《おも》います。この子《こ》といっしょに」

「どこへじゃ？」

ワタリはこたえた。なんだか遠《とお》くを見《み》ているみたいな目《め》でだった。

「それはきっと、ご先祖《せんぞ》が決《き》めてくれるでしょう。あのオーロラに命《めい》じて」

別《わか》れのときが来《き》た。

「乗《の》りこめ」

クックが命《めい》じた。一号《ごう》キャビンのふたりが、しんちょうに翼《つばさ》をひらいた。二号《ごう》キャビンがあがっていく。よし、高《たか》さはよし。マンモスのロープは軽《かる》くてしなやかだ。三号《ごう》キャビンへ、さいごの三びきがかけあがった。

いつもの楽《たの》しいストライプの翼《つばさ》。いつもじゃないのは、その下《した》のキャビンだ。たてに三つ、つながれた、長《なが》いながぁいのら号《ごう》。

ん!? この長《なが》さ、なにかの鼻《はな》ににていた。

光《ひかり》のカーテンが舞《ま》いおりてくる。波《なみ》になってゆれる。色《いろ》が次《つぎ》つぎに変《か》わる。黄緑《きみどり》色《いろ》から、こい緑《みどり》へ。それが、天空《てんくう》でおどる。のら号《ごう》をすっぽりと、おしつつんだ。

カーテンはうすくて、星《ほし》もすけて見《み》える。

「あっ、見《み》て。人《ひと》が。あの狩人《かりゅうど》たちよ、きっと」

とつぜんのパトラちゃんの声《こえ》だった。

オーロラの下《した》に、なんと人《ひと》が動《うご》いていく。あの、原始人《げんしじん》たちの旅《たび》なんだろうか。

きっとそうにちがいない。

「ほんとうじゃったんじゃな。海《うみ》が凍《こお》り、氷《こおり》のかけ橋《はし》ができたというのは。

大氷河期《だいひょうがき》に、アジアとアラスカがつながった。そこをわたって、マンモスもアメ

リカ大陸《たいりく》へわたった。それを追《お》うようにして、狩人《かりゅうど》たちも……。

原始《げんし》の旅人《たびびと》たちは、いつももとめたんじゃろ。ここよりもっと豊《ゆた》かな地《ち》が、どこかにあるはずじゃ、と。

その旅《たび》をな、人《ひと》は〝グレート・ジャーニー〟と名《な》づけた。〝偉大《いだい》なる旅《たび》〟とな。

旅《たび》はとうとう、南《みなみ》アメリカ大陸《たいりく》が海《うみ》へつきるところまで続《つづ》き、ようやく終《お》わった。すぐ先《さき》はもう南極《なんきょく》、というところまで。

ここシベリアで、きっと旅人《たびびと》は、三つに分《わ》かれたんじゃろうな。ひとつは、あまりの寒《さむ》さに南《みなみ》へ引《ひ》きかえした。海《うみ》をわたり、日本《にほん》の北海道《ほっかいどう》へたどりついた家族《かぞく》もおるじゃろ。この地《ち》にふみとどまることを選《えら》んだ者《もの》たちもおるじゃろ。

そして、もうひと組《くみ》は、ああして、氷《こおり》のかけ橋《はし》をわたり、新天地《しんてんち》へ。わしらは、今《いま》、その偉大《いだい》なる旅《たび》を見《み》せてもらっちょるのか。

まだ、そのちょうどまん中《なか》あたりか。人類《じんるい》の偉大《いだい》なる旅《たび》は。

そうじゃった。スマホで写真《しゃしん》がとれるはずじゃったな、パトラ」

ポケットからとりだしたスマホを、パトラちゃんが、あわてて受《う》けとった。

パシャリパシャリと、いくつもいくつも、シャッターが切《き》られた。

オーロラが、ひときわあざやかな色《いろ》になって、天《てん》をおおった。

偉大《いだい》なる旅人《たびびと》たちが足《あし》を止《と》めた。オーロラの舞《ま》いおどる天《てん》に、手《て》をかざした。

ひとりが、天《てん》をあおいで、手《て》に持《も》った槍《やり》を、高《たか》くたかくあげた。あの少年狩人《しょうねんかりゅうど》にちがいなかった。

なんだか、のら号《ごう》が見《み》えて気《き》がついたみたいな気《き》が、みんなしていた。

8 マンモス復活《ふっかつ》プロジェクト

「そうかね。すごい旅《たび》だったんだねえ、こんどのも」

「そうかね、マンモスに会《あ》えたのかね、すごいねえ。わたしもひと目《め》でいい、遠《とお》くからでいい、ちらりとでいい、見《み》たいねえ。

だけど、それは、今《いま》でない今《いま》に行《い》けなくちゃ、だめなんだよねえ。まっ、そんなことできるのはあんたたちだけか。うらやましいねえ」

おはるさんは、ほんとうにうらやましそうだ。もし、のら号《ごう》のクルーになれたら、本気《ほんき》で行《い》くって言《い》いだしそうだ。もう九十すぎてるはずなのに、なんでも知《し》りたがり屋《や》の、みんなの大好《だいす》きな、おはるさんだ。

「それがね、おはるさん。それって、もしかしたらほんとうになるかもしれませんよ。すごい話《はなし》、みんなも聞《き》くかい？」

ぐるりととりかこんでいるネコたちを、井上《いのうえ》さんは見《み》まわした。

「おどろくよ、すごい計画《けいかく》があるんだ。マンモスをよみがえらせる計画《けいかく》がね。冷凍《れいとう》マンモスの女《おんな》の子《こ》な、ユカって名《な》まえ、つけられてる。ロシアの〝重要文化財《じゅうようぶんかざい》〟なんだって。国《くに》の宝《たから》だね。だけど、共同研究《きょうどうけんきゅう》チーム、日本《にほん》とつくってってな。

その目的《もくてき》のひとつが、〝マンモス復活《ふっかつ》プロジェクト〟なんだ。そこは日本《にほん》のある大学《だいがく》の研究《けんきゅう》チームなんだけど。

研究《けんきゅう》チームは、この女《おんな》の子《こ》の発見《はっけん》を大喜《おおよろこ》びした。これこそ、長《なが》い間《あいだ》さがしもとめていたマンモスだぞって。まるで生《い》きたまま氷《こおり》にとじこめられたみたいに、毛《け》も皮《ひ》ふも残《のこ》ってる。だからヘリで大急《おおいそ》ぎで運《はこ》ばれた。

冷凍《れいとう》ってな、すごいんだ。いつまでたってもくさらない。それどころか、命《いのち》を伝《つた》えるDNA《ディーエヌエー》とよばれる遺伝子《いでんし》までねむったまま、死《し》んじゃいない。

それをうまくとりだして、生《い》きかえらせることができれば、どんなものでもよみがえる力《ちから》をかくしもってる。

マンモスは、ゾウの仲間《なかま》だろ。そのよみがえらせたマンモスの生命《いのち》の小《ちい》さな始《はじ》まりを、メスゾウのおなかから、卵子《らんし》というのをかりて、そこに入《い》れる。母《はは》になるゾウの体内《たいない》にもどす。かりるのは卵子《らんし》のカラだけだから、うまくいけば、ゾウが産《う》むのは、マンモスの赤《あか》んぼになるってわけだ。

どうだい、見《み》たいかい。会《あ》いたいかい、もしマンモスがよみがえるなら。

だけど、これには、反対《はんたい》する人《ひと》たちも大《おお》ぜいいてね。生命《せいめい》を、そこまでいじくるのは、やりすぎだって言《い》うんだ。ごうまんだって言《い》うんだ、人間《にんげん》の。もしかしたら、生命《せいめい》をつくってくれた神《かみ》への、ぼうとくだってね。

ごうまんというのは、思《おも》いあがり。ぼうとくというのは、道《みち》にはずれたまちがい。

どう思《おも》う？　みんなは」

井上《いのうえ》さんは、ひとりひとりの目《め》をのぞきこんだ。長《なが》い沈黙《ちんもく》だった。それをやぶって、初《はじ》めに手《て》をあげたのは、ぺぺだった。

「おれ、さんせい。だって、もういちど、マンモスに会《あ》えるんだもん」

「おれも、さんせい。もう、あっちの世界《せかい》に行《い》けなくたって、また会《あ》えるもんな」

めさぶろだった。

「わたしも、さんせい。科学《かがく》の話《はなし》、むつかしすぎてわからないけど、それってうれしい」

はなじろに続《つづ》いて、パトラちゃんだ。

反対《はんたい》は？　って目《め》で、井上《いのうえ》さんが残《のこ》りのみんなを見《み》わたした。

「井上《いのうえ》さんは、どうなんですか？　おはるさんは？」

聞《き》いたのはゴッゴだった。

「ぼくはね、じつはさんせいなんだよ。人間《にんげん》の科学《かがく》の力《ちから》はすごいと思《おも》う。なんだって知《し》りたがるのが人間《にんげん》で、だからこそ、こんなに科学《かがく》は進《すす》んで便利《べんり》な世《よ》の中《なか》になったはずだ。

生命《せいめい》の世界《せかい》でもおんなじだ。命《いのち》ってなんだ？　そのふしぎを知《し》りたがる先《さき》に、こんどのことがある。

命《いのち》のふしぎ、そのしくみは、神《かみ》がつくった。人間《にんげん》は、科学《かがく》は、かくれているものをさがしだしただけだ。それならこれは、ぼうとく、じゃないって、考《かんが》えもある。

ぼくも、発明家《はつめいか》のはしくれだ。まだ駆《か》けだしで、たいしたもの発明《はつめい》しちゃいないけどね。だから、見《み》たいんだ、人間《にんげん》の科学《かがく》はどこまで行《い》けるのか」

「井上《いのうえ》さん、わたしゃ、反対《はんたい》だよ。そりゃあ、見《み》たいよ。この子《こ》らが会《あ》ってきたマンモスだもの」

なんと、おはるさんだ。いつも仲《なか》よしのふたりなのに、意見《いけん》がちがうんだ。みんな、ふたりの顔《かお》をかわるがわる見《み》た。

「だけど、なにかちがうみたいな気《き》するんだよ。

そうなったら、許《ゆる》せるのかしらね。その、ごうまんな人間《にんげん》がしてきたこと。人間《にんげん》のせいでほろびたもの、たくさんいるんだろ？　今《いま》だって、海《うみ》がよごされて、森《もり》は消《き》えてく。

畑《はたけ》だって、このごろおかしいんだよ。育《そだ》つはずの野菜《やさい》が小《ちい》さなまま。へんなときに花《はな》が咲《さ》いたりさ。〝温暖化《おんだんか》〟っていうののせいらしいよ。この先《さき》、どうなるのかねえ。ほろぼしたもの、よみがえらせられるなら、人間《にんげん》は、やめないよ。それこそ、もっとごうまんになって。

その科学《かがく》の力《ちから》は、いろんなことのまちがいをなくす力《ちから》にしてほしいよ」

「むずかしいのぉ……。

わしにも、どっちがいいのかわからん。わからんが、それでも人間《にんげん》はやるじゃろな。ただ忘《わす》れてはならんことが、いくつもある。

狩《か》られ食《く》いつくされたものは少《すく》なくない。今《いま》だって人間《にんげん》たちは、そのものたちのすみかをうばいつづけている。森《もり》が消《き》え、海《うみ》はよごされつづけて、そこに生《い》きちょるものたちを苦《くる》しめちょる。

もしほろぼしても、それをよみがえらせることができるなら、まちがいじゃとて、

へっちゃらになりはしないか。

まさに、ごうまん、おはるさんの言《い》うとおりじゃよ。こんどの、のら号《ごう》の使命《しめい》な、いいや使命《しめい》はワタリガラスたちじゃったか。語《かた》りついでほしかったのは、もしかしたらこのことかもしれん」

館長《かんちょう》のことばに、なんだか、みんな、考《かんが》えこんでしまっていた。

「そうだった、館長《かんちょう》さん、あれ、スマホの写真《しゃしん》!」

パトラちゃんが、すっとんきょうな声《こえ》をあげた。

そうだった。パトラちゃんから返《かえ》されて、スマホは今《いま》は館長《かんちょう》のチョッキのポケットにあるはずだ。

みんな館長《かんちょう》にかけよった。

だめだ。画面《がめん》はまっ黒《くろ》、なんにも写《うつ》っていない。子《こ》マンモスとの〝記念写真《きねんしゃしん》〟？　なんにもなかった。牙《きば》の上《うえ》でピースした、ぺぺもめさぶろも、いなかった。

オーロラは？　あの氷《こおり》の橋《はし》をわたる旅人《たびびと》たちは？

それも、だめだった。

そうか、くやしいけど、今《いま》の今《いま》でなかったものは写《うつ》らないのか。ここまですごい発明《はつめい》でも、とどかない世界《せかい》があったのか。

「そういえば、館長《かんちょう》からのメール、とどかなくなったんだ。後半《こうはん》から。それも、そのせいか」

井上《いのうえ》さんだった。

原始人《げんしじん》の旅《たび》も、写《うつ》っていたなら、おはるさん井上《いのうえ》さんに、こんなにすごいおみやげはなかったのに。

暗《くら》い画面《がめん》をいじっていると、かすかに色《いろ》があらわれた。次《つぎ》は、それがはっきりと黒《くろ》い画面全体《がめんぜんたい》に広《ひろ》がった。

「よかった、これがオーロラよ、おはるさん」

パトラちゃんの喜《よろこ》ぶ声《こえ》が、ガレージいっぱいにひびいた。

そうか、原始《げんし》の旅人《たびびと》は写《うつ》らなかったけど、オーロラは。その次《つぎ》も、オーロラは写《うつ》っていた。それがもっともっと広《ひろ》がる、虹《にじ》みたいなカーテンになって。

さいごの一枚《まい》になった。ぐんと画面《がめん》は広《ひろ》がった。

スマホの画面《がめん》はせまい。そこへ、八つの頭《あたま》がひしめいて、おまけにおはるさん、井上《いのうえ》さんのもだ。

「あっ、写《うつ》ってる。あいつだ。マンモスだ。ワ、ワタリもいる！」

めさぶろがさけんだ。

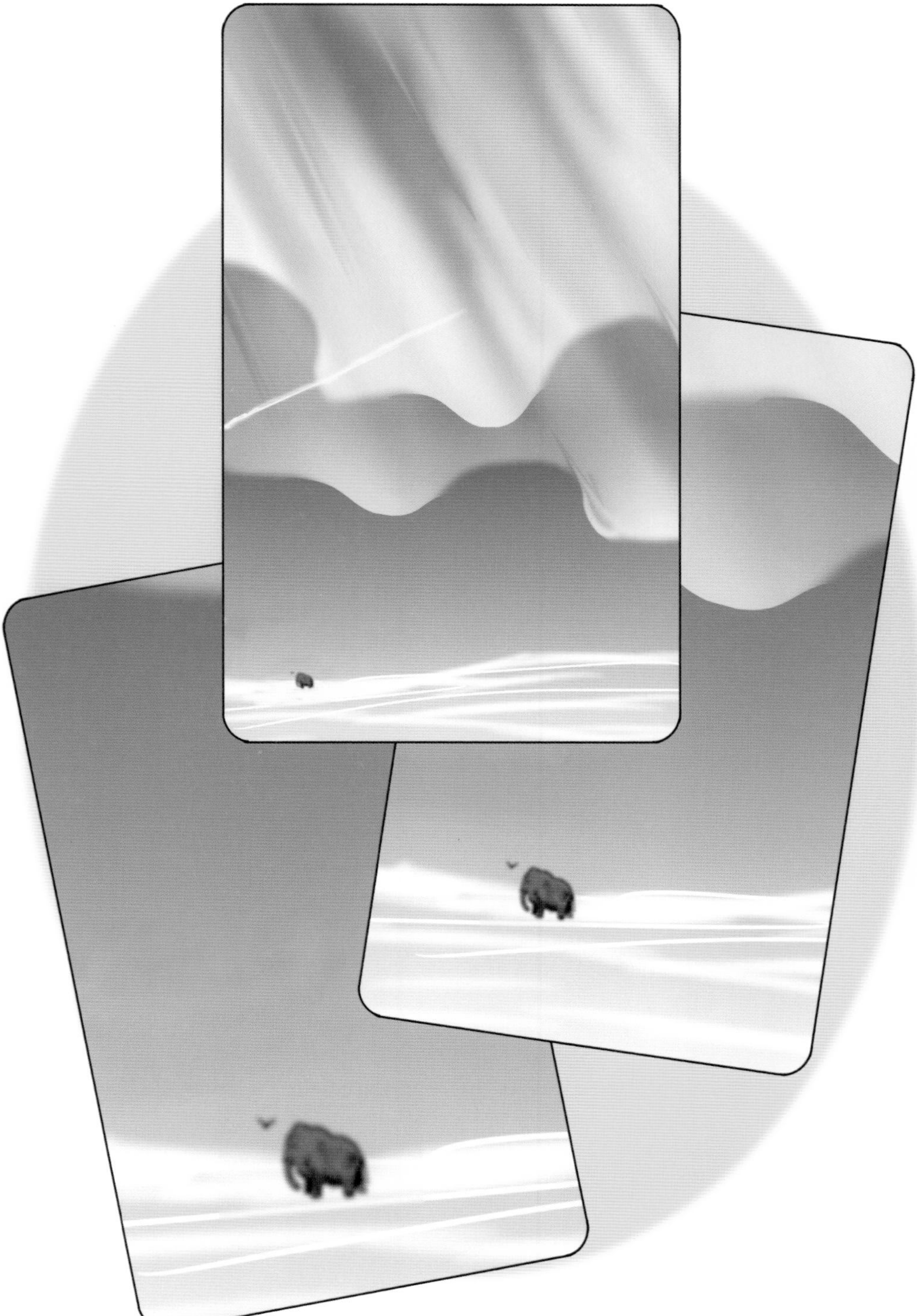

ぐんと、そこだけを拡大《かくだい》した。だれもがそれを見《み》た。

ううん、と館長《かんちょう》がうなった。

「こえたのよ、時《とき》を。オーロラのカーテンをめくって、今《いま》の今《いま》にもどってきてるのよ、ワタリさん。マンモスの子《こ》つれてぇ」

そう思《おも》いたいのは、みんな同《おな》じだ。だけど……。

「だけど、いくつもいくつも気《き》まぐれだったぞ。今《いま》の今《いま》じゃなくても、マンモスの子《こ》にはおれっち見《み》えてた。だけど原始人《げんしじん》には。

写真《しゃしん》だって気《き》まぐれかもしれないぞ。今《いま》の今《いま》に来《き》てるっていう証拠《しょうこ》になんかならないんじゃないか？　ワタリとマンモス」

はなじろの言《い》ったことも、たしかだ。むしろこっちのほうが信《しん》じられそうだ。と、めさぶろが、みんなの顔《かお》をおしのけてスマホをのぞいた。そして、さけんだんだ。

「この線《せん》、なんだあ。

飛行機雲《ひこうきぐも》じゃないかあ。そうだ、きっとそうだっ」

ほんとうに細《ほそ》くて、めさぶろでなければ見《み》のがすはずの線《せん》だ。それが、画面《がめん》のはしっこに写《うつ》っている。オーロラを切《き》りさいて、ただひとすじ。

みんな息《いき》をのんだ。

「オーロラが境目《さかいめ》じゃったのか。今《いま》と今《いま》ではない、境《さかい》は。それが切《き》りさかれて。来《き》ちょるのか。今《いま》の今《いま》へ。あのふたりは」

「ようやくとけました、館長《かんちょう》、クック」

ゴッゴが、ふうっと大《おお》きく息《いき》をはいた。

「へんに思《おも》ってたんです。どうしてあのとき、あの子《こ》が母《かあ》さんマンモスのところに来《き》ていたのか。少年狩人《しょうねんかりゅうど》まで来《き》たのか。あれは、けっして偶然《ぐうぜん》なんかじゃなかった。

つれてきたのは、よんだのは、ワタリだった。ワタリは人間《にんげん》を信《しん》じたがっていた。讃《たた》えてもいた、その知恵《ちえ》も勇気《ゆうき》も。だけど、人間《にんげん》には、もっとすごいものがあるはずだ。それは許《ゆる》しあうことのできる大《おお》きな心《こころ》。そうなることを信《しん》じて。ぼくらが見《み》せてもらったのは、その始《はじ》まりだった。

まさに北《きた》の賢者《けんじゃ》でした、あのワタリは。

マンモスはよみがえる、という、ワタリ一族《いちぞく》に語《かた》りつがれていた言《い》い伝《つた》えもとけました。

あのまま一万年前《まんねんまえ》の世界《せかい》にいただけなら、よみがえることにはならなかった。ただ、ぼくらに、見《み》せただけだった。一万年前《まんねんまえ》にほろびた、さいごのかもしれない一頭《とう》の姿《すがた》を……。

そうですよね、館長《かんちょう》、クック」

「そうならっ」

ぺぺが、いきおいこんで言《い》った。

「発表《はっぴょう》しようよ。テレビや新聞《しんぶん》に。この証拠《しょうこ》の写真《しゃしん》一枚《まい》で、大《おお》さわぎになるよ。

あっ、毛《け》があった。ロープにしたケナガマンモスの。おれっちが行《い》ってきた、なによりの証拠《しょうこ》だよ」

それは今《いま》、のら号《ごう》のキャビンのひとつに、たばねられてる。もちろん、大事《だいじ》に大《だい》事《じ》にだ。

「研究《けんきゅう》チーム、たまげるよ。研究《けんきゅう》どころじゃなくなるよ。さがしにおしかけるよ、世界中《せかいじゅう》からあのシベリアへさ。

井上《いのうえ》さん、有名《ゆうめい》になるよ。おれっちもさ」

「ぼくは、反対《はんたい》だな、ぺぺ。ワタリは、もっと反対《はんたい》するだろう。よみがえるというのは、こういうことじゃないんだって。

もっと深《ふか》い、もっと大《おお》きな使命《しめい》を秘《ひ》めてんだって」

「なんだい、ゴッゴ、それって」

いい思《おも》いつきだって、ぺぺは信《しん》じてるらしい。うんとふくれっつらだ。

「こういうことかなあ、ぺぺ。

もしかしたらだよ、復活《ふっかつ》チームは、いつかその技術《ぎじゅつ》を完成《かんせい》する。井上《いのうえ》さん、言《い》ってるだろ、〝生命科学《せいめいかがく》〟ってすごいって。人間《にんげん》はやめないよ、知《し》りたがり屋《や》だもの。星《ほし》の世界《せかい》も新《あたら》しい生命《せいめい》の誕生《たんじょう》も。

いつか、子《こ》マンモスが生《う》まれる。あの冷凍《れいとう》マンモスの女《おんな》の子《こ》がよみがえる。むかえるのはだれだい？　待《ま》ってるのはだれだい？　ひそかに。そう、一万年《まんねん》も待《ま》ちつづけてた、あの子《こ》だ。ワタリ一族《いちぞく》の言《い》い伝《つた》えは、そこで復活《ふっかつ》する」

だれもなにも言《い》わなかった。ようやく口《くち》をひらいたのは、クックだった。

「ゴッゴ、にてきたな。まるで館長《かんちょう》の話《はなし》を聞《き》いているみたいだったよ」

「ありがとう、クック。それなら、クックにも、にたいです。そうなれたら、うれしいです」

「うれしいのぉ、クック。若者《わかもの》たちは、こうして大《おお》きゅうなり、やがて、わしたちを追《お》いぬく。

わしの役目《やくめ》も、そろそろか」

「そんなことない。ずっといてくれなきゃ、いやだよ、館長《かんちょう》。

おれ、まちがってた、バカだから。有名《ゆうめい》になんかならなくていいから」

とびついてきたペペを、
館長《かんちょう》が、だきしめていた。
「よしよし。いっしょに
楽《たの》しみにしようぞ。
マンモスがよみがえる日《ひ》を。
あの子《こ》の子《こ》が生《う》まれ、
高《たか》くたかく、あの鼻《はな》で、
歌《うた》うのを。
それまでは、ワタリたちが
見守《みまも》るじゃろう。
シベリアの大地《だいち》に広《ひろ》がって。
いつも舞《ま》いながら、
見張《みは》るじゃろ。

あっちに、マンモスの牙《きば》ハンターがおるぞ。遠《とお》くはなれろ。

足《あし》あとは残《のこ》すな。あっちは雪《ゆき》が深《ふか》いぞ。

こっちへ来《こ》い。おまえの大好《だいす》きな、野《の》イチゴが実《みの》ったぞ。

ワタリが舞《ま》う下《した》に、きっと、いつもあの子《こ》がいる。それを知《し》っちょるのは、ぺぺよ、わしらだけなんじゃ。

ワタリはな、もっと深《ふか》く、遠《とお》い先《さき》を見《み》ちょる。大自然《だいしぜん》が、マンモスをふたたびむかえいれるのに、ふさわしいかどうか。それをこわすのは人《ひと》。じゃが守《まも》る心《こころ》があれば、そうできるのも人《ひと》。

ワタリはあの子《こ》をつれていつか名《な》のりでるのか、あるいは、そうはしないのか。それは人間《にんげん》しだいかもしれぬ。それはきっと、ワタリが決《き》めるじゃろ。人《ひと》がおろかさを改《あらた》めないなら、オーロラのカーテンをふたたびくぐりぬけ、時《とき》の彼方《かなた》に去《さ》るじゃろ。それを選《えら》ぶのは北《きた》の国《くに》の賢者《けんじゃ》、ワタリガラス」

「そうだった。井上《いのうえ》さん、あの雷《かみなり》さまのたまご、すごすぎたよ。そりゃ、おはるさ

ん の畑《はたけ》のカラス、こまるけど、あれじゃあかわいそうかも」

はなじろだ。いちばんカラスぎらいなのに。

「そうか、じゃあ、ほかの考《かんが》えるか、もう少《すこ》しやさしいのを。おはるさん、いいですよね？」

「もちろんだよ。もともと、そうカラス、にくんじゃいないんだし。こんどのワタリガラスのことで、もっとそうなったよ。

おまえもだろ？　はなじろ」

はなじろが、うなずいていた。

「おや、もう、こんな時間《じかん》かね」

おはるさんが、かべにかかってる、文字《もじ》の大《おお》きな丸時計《まるどけい》を見《み》あげた。

おはるさんは、朝《あさ》、畑《はたけ》にでるのがはやい。だから早寝《はやね》、早起《はやお》きなんだ。ネコたちとはちがう。

「今夜《こんや》も、夜《よ》あそびかね、あんたたちはマリーナで」

「そんな元気《げんき》は、まだ、ないでしょう。

ぺぺとめさぶろにだって」

「それがいい。

井上《いのうえ》さん、あしたみんなをつれてきておくれ。会《あ》わせたい子《こ》がいるんだよ。それから、みんなに聞《き》かせたい、歌《うた》がね」

だれだろう、会《あ》わせたい人《ひと》って。なんだろう、聞《き》かせたい歌《うた》って。みんなおはるさんを見送《みおく》りながら、顔《かお》を見《み》あわせた。

バイクの音《おと》が遠《とお》くなって消《き》えた。そのかわりみたいに、どこかできっと、ねぼけたカラスが、カァッと鳴《な》いた。

エピローグ

ジャガイモは夏《なつ》の始《はじ》まり、秋《あき》が始《はじ》まってサツマイモは終《お》わり、今日《きょう》はサトイモの収穫《しゅうかく》だ。少《すこ》しだけ役《やく》に立《た》つネコの手《て》をみんなかしてる。といったって、イモ畑《ばたけ》でかくれんぼしてるほうが多《おお》いみたいだけど。

畑《はたけ》から、ぺぺとめさぶろが走《はし》りでた。頭《あたま》に、トウモロコシのちぢれ毛《げ》をのせている。

「ケナガマンモスだぞぉ」

「なによ、どこがにてるのよ。お手《て》つだい、ニボシ三びき分《ぶん》、働《はたら》きなさいよ」

パトラちゃんがしかった。

「みんな、でておいで。
そろそろ来《く》るからね」
おはるさんが
笑《わら》いながら言《い》った
そのもうそろそろは、
軽自動車《けいじどうしゃ》に乗《の》って
やってきた。
女《おんな》の人《ひと》がおりたった。
ジーパンはいて、
かわいくてかっこいい
若《わか》い女《おんな》の人《ひと》だ。みんな
わにゃあって、かけよった。
「井上《いのうえ》さん、しょうかいするね。

わたしのまご。桃花《ももか》っていうんだよ」

桃花《ももか》さんは、にっこり笑《わら》った。そっくりだ、おはるさんに。

井上《いのうえ》さんが、かたまった。

「井上《いのうえ》さんでしょ。おばあさまから、お話《はなし》聞《き》いてます。とてもいい方《かた》で、ネコちゃんたちの味方《みかた》だって。

わたしも大好《だいす》きなの、ネコちゃん」

みんな、ニャンニャーイ。バンザイだ。

「桃花《ももか》はね、音楽《おんがく》の先生《せんせい》してるの、中学《ちゅうがく》で。

それでね、作曲《さっきょく》してもらったのさ。作詞《さくし》はわたし。

あんたたち、ふしぎがってたね。どうして、おいもって、色《いろ》や形《かたち》、ちがうんだろうって。その歌《うた》だよ。聞《き》いてくれるかね。題《だい》は〈おいものかくれんぼ〉」

桃花《ももか》さんが、歌《うた》いだした。手《て》に持《も》った楽譜《がくふ》を見《み》ながらだ。

なんていい声《こえ》なんだろう。

1　そうだよ　そうだよ　わかったよ
いろやかたちの　ちがうわけ
かくれんぼしてたんだ　いもばたけ
サトイモ　ジャガイモ　サツマイモ

「これが、一番《ばん》。もっと聞《き》く？」

桃花《ももか》さんが、みんなを見《み》わたした。

にゃろんだ。もちろんだ。

2　そうだよ　そうだよ　わかったよ
とんがりサツマイモ　赤《あか》いわけ
うっかりかくれた　あさい土《つち》
お日《ひ》さま　こんがり　やいたんだ

3

そうだよ　そうだよ　わかったよ
まんまるジャガイモ　白《しろ》いわけ
ここならあんしん　ふかい土《つち》
こんがりやかれず　すんだんだ

4

そうだよ　そうだよ　わかったよ
もじゃもじゃサトイモ　毛《け》のわけが
もぐりすぎたよ　ふかすぎた
さむくて着《き》たのさ　毛《け》のコート

5

そうだよ　そうだよ　わかったよ
おにはお日《ひ》さま　空《そら》の上《うえ》

雲《くも》で目《め》かくし　もういいかい
いもさんあわてて　まあだだよ
いもさんかくれて　もういいよぉ

みんな、覚《おぼ》えが早《はや》かった。
ネコ語《ご》がわからない人《ひと》には、
にゃんにゃにゃ　にゃんにゃにゃ
にゃにゃんにゃにゃぁ
としか聞《き》こえないだろうけど。
赤《あか》トンボが畑《はたけ》に来《き》ている。
たくさんの群《む》れだ。
歌声《うたごえ》にあわせるみたいに、舞《ま》う。
歌《うた》いおわったとき、ぜんぶの赤《あか》トンボが、

おいもの　かくれんぼ

そう　だ　よ　そう　だ　よ　わ　か　た　よ
3
い　ろ　や　か　た　ち　の　ち　が　う　わ　け
か　く　れ　ん　ぼ　し　て　た　ん　だ　い　も　ば　た　け
サ　ト　イ　モ　ジャ　ガ　イ　モ　サ　ツ　マ　イ　モ
5回くり返す
ゆっくり
い　も　さ　ん　か　く　れ　て　も　お　い　い　よぉ

ぴたりと止《と》まったみたいになった。
ホバリングの名手《めいしゅ》なんだ、トンボって。
井上《いのうえ》さんと桃花《ももか》さんが、
目《め》と目《め》をあわせて笑《わら》っていた。

あとがき

この写真《しゃしん》は、ケナガマンモスの牙《きば》の一部《ぶ》と歯《は》の化石《かせき》です。ゾウのなかまの歯《は》は、上《うわ》あごと下《した》あごの左右《さゆう》に一本《ぽん》ずつ向《む》きあう四本《ほん》だけで、植物《しょくぶつ》をすりつぶして食《た》べる臼歯《きゅうし》です。
三十年《ねん》ほど前《まえ》、世界中《せかいじゅう》から化石《かせき》が集《あつ》まるショーで手《て》に入《い》れたもので、ぼくの宝物《たからもの》のひとつです。どこで、どんな一生《いっしょう》を送《おく》ったのか、想像《そうぞう》はあちこちにとび、こんな物語《ものがたり》へとさそいだしてくれました。

グレート・ジャーニーはマンモスたちもです。アフリカに生《う》まれて、そこにとどまったアフリカゾウ。旅《たび》を始《はじ》めて、アジアゾウになり、日本《にほん》に来《き》てナウマンゾウになり、シベリアでケナガマンモスに。なにを探《さが》しもとめての旅《たび》だったんでしょうね。なんとメキシコでマンモスの化石《かせき》がいく体分《たいぶん》も発掘《はっくつ》されたのは、ごく最近《さいきん》のことでした。

人類《じんるい》の偉大《いだい》なる旅《たび》もそうです。あの行《ゆ》く手《て》をはばむ大河《たいが》を渡《わた》ることができたなら、豊《ゆた》かな大地《だいち》が開《ひら》けるにちがいない。あのそびえたつ雪《ゆき》の峰《みね》みねの向《む》こうには動物《どうぶつ》たちのあふれる草原《そうげん》が

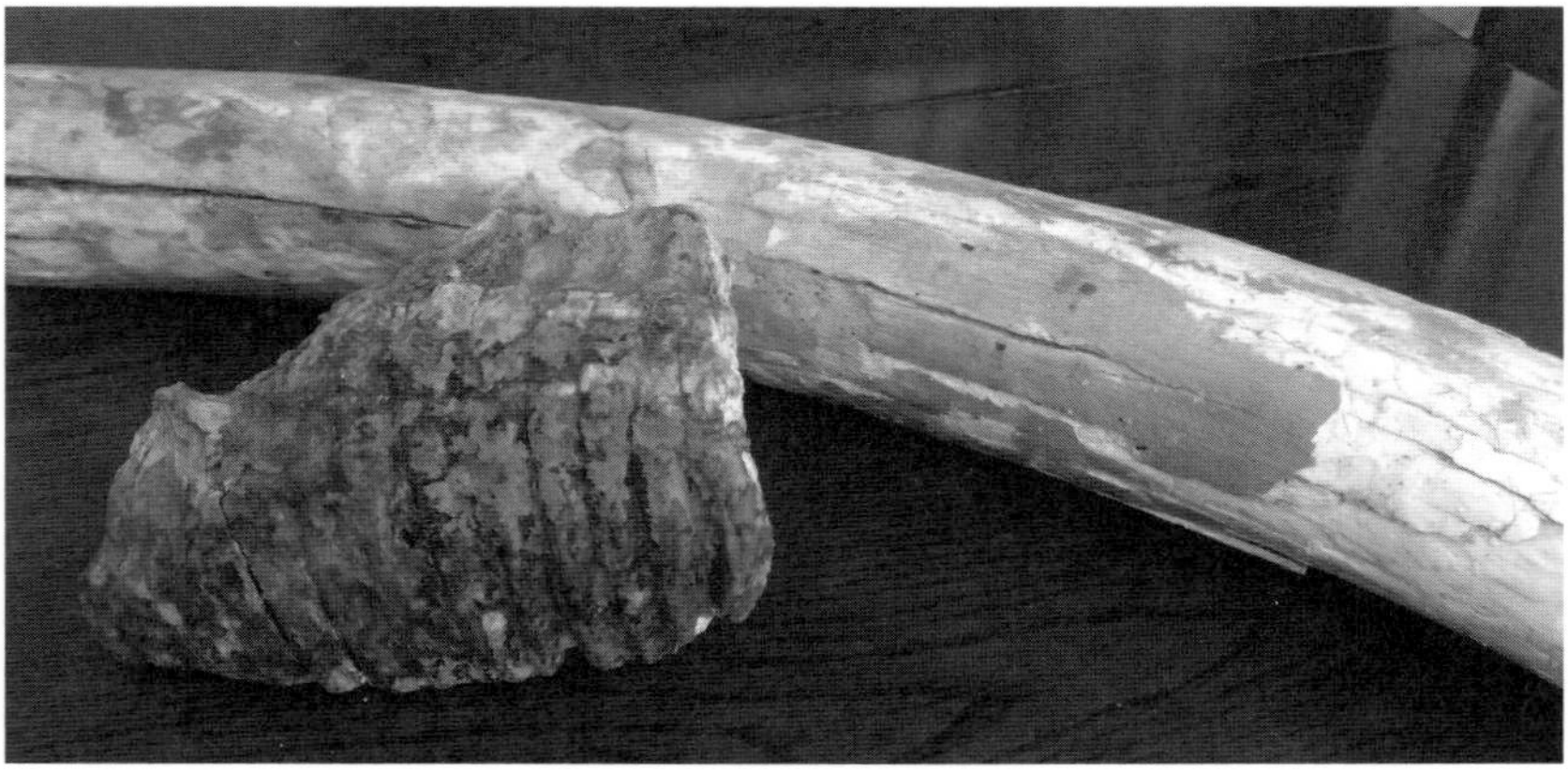

広《ひろ》がるだろう。この砂漠《さばく》をこえられたなら、果物《くだもの》のたわわに実《みの》る森《もり》がきっと待《ま》っている。

人類《じんるい》をそんな夢《ゆめ》にかりたてた力《ちから》は、なんだったんでしょう。命《いのち》がけの旅《たび》で、森《もり》を選《えら》んだ者《もの》たちは槍《やり》から弓《ゆみ》を考《かんが》え、狩猟民族《しゅりょうみんぞく》になった。海辺《うみべ》を選《えら》んだ者《もの》たちは、つり針《ばり》や網《あみ》を考案《こうあん》し漁師《りょうし》になった。もっと大《おお》きな島《しま》を求《もと》めて海原《うなばら》にこぎだし、太平洋《たいへいよう》の島《しま》じまにまで広《ひろ》がった者《もの》たちがいる。大地《だいち》を選《えら》んだ者《もの》たちは開拓者《かいたくしゃ》になって畑《はたけ》を耕《たがや》し種《たね》をまき、牛《うし》や羊《ひつじ》を飼《か》うようになった。

人類《じんるい》の偉大《いだい》なる旅《たび》はマンモスと同《おな》じアフリカから始《はじ》まり、南《みなみ》アメリカの先《さき》っぽ、ついに陸《りく》がつきるところでようやく終《お》わった。

そして今《いま》、ここまでの文明《ぶんめい》を築《きず》きあげた人類《じんるい》。そんな人類《じんるい》の末《まつ》えいであるきみたち。うんと胸《むね》を張《は》っていばりましょう。

そうそう、「おいものかくれんぼ」。ぼくが楽《たの》しんでいる家庭菜園《かていさいえん》のおいもたちのことです。いもほり遠足《えんそく》なんかで歌《うた》ってください。

今回《こんかい》も、こぐれけんじろうさんに、すばらしい絵《え》をいただきました。また、編集部《へんしゅうぶ》の道家《どうけ》さん、国《くに》頭《とう》さんには、いいご助言《じょげん》をいただき、作品中《さくひんちゅう》に生《い》かすことができました。お礼申《れいもう》し述《の》べます。

※主《おも》な参考文献《さんこうぶんけん》『マンモス』（福田正己著《ふくだまさみちょ》 誠文堂新光社《せいぶんどうしんこうしゃ》）

二〇二〇年《ねん》、春《はる》　作者《さくしゃ》

作者：大原興三郎（おおはら　こうざぶろう）

1941年、静岡県生まれ。おもな作品『海からきたイワン』(講談社青い鳥文庫)、「まじょはかせの世界大冒険」シリーズ 全7巻（ＰＨＰ研究所)、『マンモスの夏』（文溪堂)、『仕事ってなんだろう？』(講談社)、映画化された『おじさんは原始人だった』（偕成社）など多数。『海からきたイワン』で第19回講談社児童文学新人賞、第9回野間児童文芸新人賞、『なぞのイースター島』で第18回日本児童文芸家協会賞を受賞。

画家：こぐれけんじろう

1966年、東京都生まれ。ニューヨークのアートスチューデントリーグで絵画を学ぶ。挿絵の仕事に『さらば､猫の手』(岩崎書店)、『真夏の悪夢』（学習研究社)、『風のひみつ基地』（ＰＨＰ研究所)、『０点虫が飛び出した！』（あかね書房)、『ミズモ ひみつの剣をとりかえせ！』（毎日新聞社)、『大道芸ワールドカップ』（静岡新聞社)、「ユウくんはむし探偵」シリーズ、『お米の魅力つたえたい！米と話して365日』（ともに文溪堂）などがある。

空飛ぶ のらネコ探険隊　さいごのマンモス

2020年　6月　初版第1刷発行

作　者　大原興三郎
画　家　こぐれけんじろう
発行者　水谷泰三
発　行　株式会社**文溪堂**
〒112-8635　東京都文京区大塚3-16-12
TEL（03）5976-1515（営業）（03）5976-1511（編集）
ぶんけいホームページ　http://www.bunkei.co.jp
装　幀　ＤＯＭ ＤＯＭ
印刷・製本　図書印刷株式会社

ISBN978-4-7999-0377-3 NDC913/159p/216×151mm

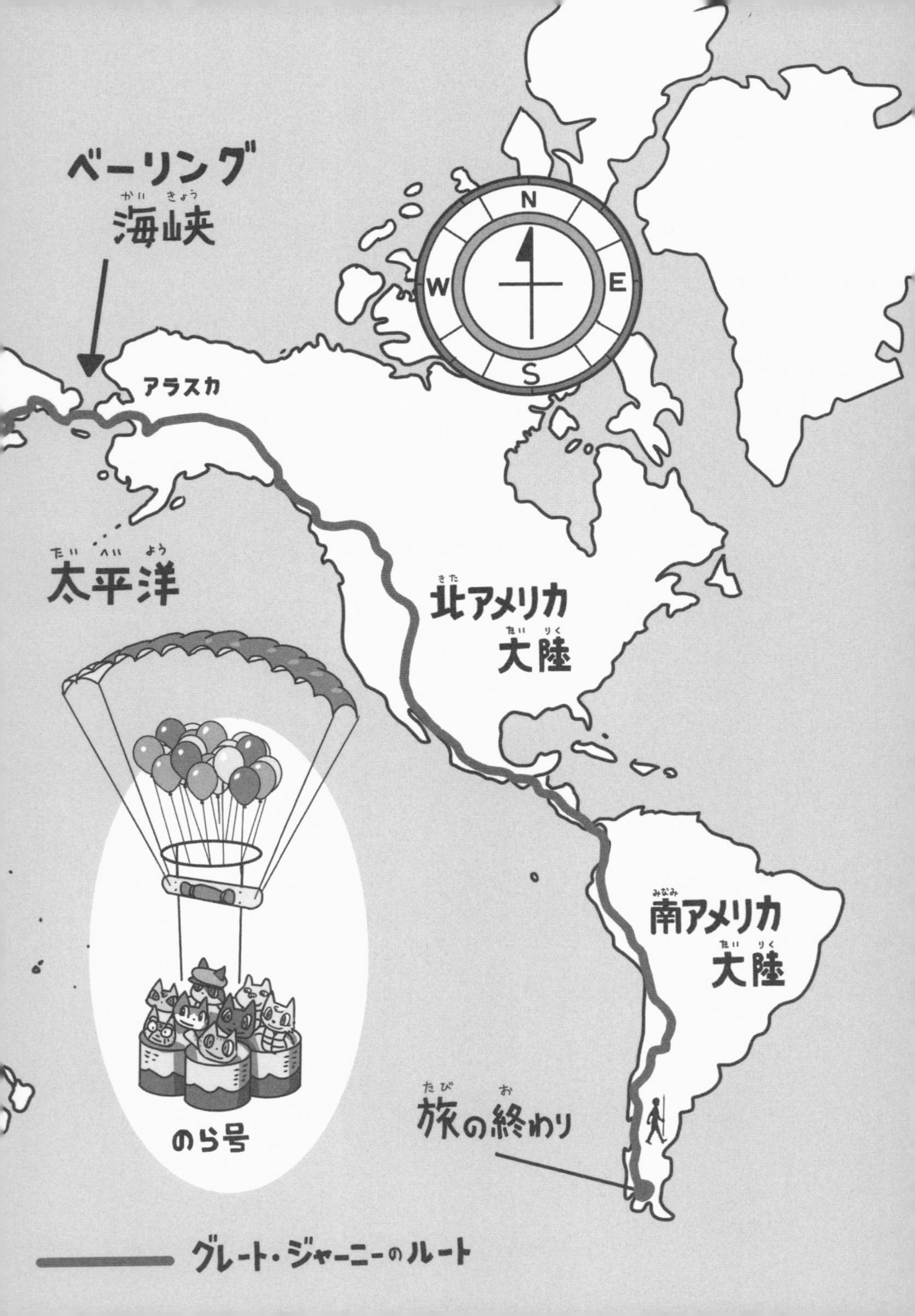

ベーリング
海峡《かいきょう》
アラスカ
N
W
E
S
太平洋《たいへいよう》
北《きた》アメリカ
大陸《たいりく》
南《みなみ》アメリカ
大陸《たいりく》
のら号
旅《たび》の終《お》わり
グレート・ジャーニーのルート